ぼくのほそ道

少年ツーリングノベル

音場いくを
Otoba Ikuo

文芸社

目次

カバー・本文イラスト／CHISA

前途《ぜんと》三百三十キロ

シューッ、シューッ。

ゆっくり右のピストンが伸《の》びる。

シューッ、シューッ。

こんどは左のピストンが伸びる。

シューッ、シューッ。

すぼめて、ほそくひらいたくちびるのすき間からの、するどい音に合わせてくりだすピストンが、かわるがわる力をこめて下に伸び、つぎには折《お》れて上にあがる。そのくりかえしが車輪《しゃりん》をまわす。

梅雨《つゆ》が明けた、七月の終わりにちかい、ある朝の八時ちょうど、サンライズ号は、ぼくの家から十分ほどの、さいたま市大宮駅《おおみやえき》を発《た》った。誤解《ごかい》のないように「大宮駅まえ」といいなおしておこう。

駅に向《む》かう人の流れ。駅から散《ち》って消える逆流《ぎゃくりゅう》。着くバス、発つバス。そのバス停《てい》にまたたく間に伸びる行列。人がたまる交差点《こうさてん》。青信号《しんごう》で流れだす、その群《む》れ。ふだんの朝、通学路しか知らないぼくには、おし流されそうな、不安《ふあん》な風景《ふうけい》だ。

サンライズ号は、そのうずの中を、注意ぶかくスタートした。

サンライズ号、それはぼくの愛車《あいしゃ》。キャンピング仕様《しよう》のランドナータイプで、ツーリング用の自転車の、愛称《あいしょう》だ。

もちろん、マウンテンバイクほどではないが、土や草地の荒《あ》れた道、オフロードも平気というすごいヤツだ。

シュッシュッ、シュッシュッ。

くちびる効果音《こうかおん》のテンポがはやまり、サンライズ号のスピードはあがる。

いつか蒸気機関車《じょうききかんしゃ》のスタートを見て、巨大《きょだい》な車輪と、それをつき動かすピストンに感動してから、これがぼくの、スタートのイメージになった。

カッコつけて見えるだろうけど、

「ドンマイ、ドンマイ！」

とくにきょうは、はじめてのひとり旅だから、気分を最高《さいこう》に演出《えんしゅつ》しようと、スタートに、わざわざこの駅をえらんだんだ。

いそがしい朝の街《まち》の、人と車をかわすようにコースをとって、国道四号線にぬける道をすすむ。

めざすははるかな北、三百三十キロの、宮城県《みやぎけん》仙台市《せんだいし》。

「モリの都。木ヘンに土と書く杜《もり》だぞ」

デキボーは、いまは自分が住んでいるその街を、電話でそう説明《せつめい》していた。

旅の夜はキャンプ。

そのために、ハンドルバーのまえにフロントバッグ、前輪と後輪、それぞれの左右にバッグが取りつけてあって、テントやシュラフ、コッヘルや、ガスバーナーなどのキャンプ用品、着がえが少しと、雨具などがおさまっている。

このスタイルが、蒸気機関車の重量《じゅうりょう》感に似《に》た、力強さ、カッコよさに感じて自慢《じまん》だ。

自転車のつぎはぼく。

名は、戸田俊也《とだとしや》。小学六年生。

五年生になってキャンプツーリングをはじめたが、いつもは父《とう》さんといっしょ。という より、父さんはずいぶんまえからやっていて、五年生になったとき、ぼくをこの道に、変《へん》な言葉だが、ひきずりこんだ。

「だれもいない、谷の川原にテントを張《は》って、まっ暗な中、ひとりワインをラッパのみしながらのいっときは、これにまさるぜいたくなし！　と大好《だいす》きなんだが、これから俊也がいっしょじゃなあ」

と、いやがるふうな口ぶりが、わざとらしかった。自分でひきずりこんでおいてから……。

ガスバーナーで魚を焼《や》きながら、それをつっついて食べながら、その、ラッパのみをしながら、ぼくを相手に、自転車のこと、いままで走ったコースのこと、山や川や里村のこと、あげくに自分の仕事のグチにまでおよぶおしゃべりは、ぼくのことまで「サケのサカナ」にしていることはたしかだ。

いまにして思いあたるが、むかしぼくに、「地域《ちいき》の少年サッカーチームに入れ」となかば〝強制《きょうせい》〟したのは、脚《あし》の力を強くするコンタンだったのだ。まちがいなく、ピストンの脚づくりをねらっていたのだ。

ひそかに、ぼくをさそいこむ、その日のくるのを、待っていたのだ。

つまりほんとうのところ、ぼくのキャンプツーリングは、父さんの〝強制〟だった。

だってそれからは、チームの練習があるときでも、休日のつづくときは、サボることを〝強制〟しはじめた。

とつぜん、たのみもしない自転車を買ってくれて、いつも朝日とともにスタートするんだから、と「サンライズ号」と自分で名前をつけて、いっしょにツーリングに行くようになってからのことだ。

「大会に出られなくなってしまうよ」

抗議《こうぎ》すると、大学時代、ラグビーをやっていたときからの口ぐせだという、「ドンマイ、ドンマイ」でおさめてしまう。

なにかにつけていう、父さんのこの口ぐせは、ごまかされているようで、イライラするのだが、いつの間にか、ぼくにうつってしまった。

シュッシュッ、シュッシュッ。ピストン快調《かいちょう》。長い旅にそなえて、サドルと、ハンドルと、ペダル、三点の関係《かんけい》が、ぴったりきまるように調整してある。ペダルはトークリップつきだから、効率《こうりつ》よいペダリングができ、回転も、なめらかそのものだ。

仙台着まで、予定、片道三泊四日《かたみちさんぱく》のコースは、この、しなやかで、自分ながらたのもしい、足の動きにかかっているのだ。

頭をさげた、牛の角《つの》のようなドロップハンドルに、指なしグローブの手をかるくそえ、余裕《よゆう》で走る上体も、これからの走行距離《きょり》を考えての、理想のスタイルだ。

ぼくはときどき、道すじにならぶ建物《たてもの》の、ガラスに映《うつ》る自分を、よこ目で見ながら走る。

キマッテル！

そう、ひそかに思いつつ。

道はずいぶん落ちついてきた。駅から遠ざかったせいだろう。人と自転車が少なくなり、車の通りも間があいて、速度も、ゆるやかな里川のように、やさしくなっていた。

スタートして、やがて一時間になる。

気温がぐんぐんあがりはじめている。アスファルトの照《て》りかえしが、顔までのぼってくるようになった。ふき出す汗《あせ》で、少しペースがはやすぎることに気がついた。真夏だもの、どんなペースでも汗は出る。でもちょっとスタートに気おって、はやりすぎたのかも。

「平均《へいきん》時速十五キロをまもれば十分だが、そのためには、二十キロを目標《もくひょう》に走らなければならない、と考えたほうがいい。メーターを見ないでも、もう体感でわかるよな。一日を七回にわけて、それぞれ一時間ずつ、そして十分の休みもいつもの通りだ。これで一日百キロをこえる。これまでの経験《けいけん》から、俊也にならむりはない、なっ！」

父さんの計算だ。

しかし、往復《おうふく》を考えると、すごい距離だ。口には出さなかったが、最後の言葉の強さに、父さんの不安を感じた気がした。

小さな神社を見つけた。自転車を止めた。いつもそうだけど、なんでだろう、止まるとどっと汗がふきだす。

ヘルメットをとって、髪《かみ》の毛がぬけるかと思うほどタオルでしごく。Tシャツをたくしあげて、胸《むね》と背中《せなか》を、短パンをまくりあげて、足の上から下まで、したたる汗をぬぐいとる。水をのんで、またふいて、また水をのんで、をくりかえす。タオル一本、またたく間に生ぬるくぬめる。

神社には、濃《こ》い緑がたっぷりあったから、

朝らしい、涼《すず》しさののこる中で、上体をひねり、足首をにぎってふかく前屈し、ひざを折ってももに密着し、うしろにひいた足首を、鋭角《えいかく》にまげ地面におしつけて、すねのうらを伸ばし、首を右と左の肩《かた》につけるほどにたおし……、というぐあいに、ひと通りのストレッチで体をほぐした。

「ストレッチは、休むたびに、ごまかしなくすること。疲《つか》れをへらす鉄則《てっそく》だ」

父さんのツーリング・アドバイス・ワンだ。

あと数キロで、仙台市までつづく、国道四号線に入るから、この休憩《きゅうけい》はタイミングがよかった。

「四号線といえば、幹線《かんせん》国道だ。いままでにも経験した通り大型《おおがた》車が多い。あまりひどいようだったら、うら道に入るんだ。まえに群馬《ぐんま》のほうで見つけたろう。なんとなく並行《へいこう》して走っている道があるものだ。走ることを、ほんとうに楽しめる、そんな道があるものだ。時間はかかるが、楽しくないとツーリングじゃない」

ツーリング・アドバイス・ツーだ。

「そう、あの道はきれいだったね。その土地のほんとうの顔を見たような気がしたよ。大きな街道《かいどう》は、なんだかビカビカ、ゴチャゴチャで、自転車に合わない気がするよ」

「おっ、俊也もいっぱしなことをいうようになったじゃないか」

父さんが、コースえらびを手伝《てつだ》ってくれていたときの話だ。

ドライブマップからコピーをとり、見やすく、道順《みちじゅん》にかさねてとじてくれた。十五枚《まい》になった。それから距離をひろいだし、たし算した。それが、約《やく》三百三十キロだった。

コースに沿《そ》って、おおよその宿泊《しゅくはく》予定地をえらんだり、こみそうな市街《しがい》地と、それをさけるバイパス、さらに、並行して通じる地方道を、何本かえらんだうえに、フェルトペンで色わけまでしてくれた。

でも、あれは手伝ってくれたのかなあ。ぼくは、楽しむ父さんを見ていただけ、だったような気がする。

その地図を、いま見なおす。緑にぬった国道四号線に、黄色のこの道が、もうすぐ合流する。はじめてひとりで走る幹線道路に、不安も合流した。

この神社の地点に、「休」と書きこんで丸でかこんで、ぼくはスタートした。これから地図のあちこちに、「昼食」「泊」などが書きこまれ、にぎやかになっていくだろう。

速度が変《か》わった。さっきまでの、張りつめたような、胸のつかえがなくなっていた。そうだ、これがぼくのペースだった。

国道四号線の車の数は、心配したほどではなかった。これなら首都圏《けん》からはなれれば、もっとすいてくることが期待できる。ただ、トラックが多いことと、そのスピードは、県道とはくらべものにならない。

ツーリングでは、しきりにアップダウンする歩道は走りにくいし、ガードレールでわけてあっても、せまくてスピードを出せない。こわくても車道を走ることになる。そんなとき大型車の多くが、遠くふくらむように、余裕をつくってくれることがうれしかった。

ぼくがデキボーと呼んでいる、竹中英樹《たけなかひでき》をたずねる。それがこの、仙台ツーリングの目《もく》的《てき》だ。

デキボーは、五年生が終わった春休みに転校した。四ヵ月まえだ。

親友の、とつぜんの転校。あのドキッとするできごとをぼくが知ったのは、五年生終業式の日の、わずか三日まえだった。

「きょう、竹中英樹くんが休んでいるが、じつは今朝《けさ》、お母《かあ》さんからの電話で、急に転校することにきまった、と連絡《れんらく》があった。転校することに、というより、お父さんが転勤《てんきん》するので、家族全員で行くことになったそうだ。

はじめは、お父さんだけで単身赴任《たんしんふにん》を考えたらしいが、家族はなればなれの生活はよそう、ということになったらしい。先生もそれは賛成《さんせい》だが、あと一年だけだったのに、と考えると残念《ざんねん》な気もする。勉強では、リーダーのような竹中くんだったしな」

ホームルームで、先生がそうつたえた。

終業式まで休むそうだ。急だったから、いろいろ準備《じゅんび》もあるんだろう。そう先生はつけくわえた。

ぼくは電話をしなかった。ぼくとの仲《なか》で、なんでまえもっていってくれないんだ。少し意地になっていたと思う。

最後の朝も、教室にデキボーはいなかった。終業式の日は出る、といっていたはずなのに。きっといると信じて、ドリブルでボールをはこぶように、人をかわして廊下《ろうか》を走ったのに……。

体育館での式が終わって、みんなが教室にもどってから、先生といっしょにデキボーがあらわれて、転校のあいさつをした。

そうして、その場からすぐに帰った。

言葉を交《か》わす間もなかった。

「なんだか変じゃないか」

だれかがそういった。ぼくは、転校で、というより、転勤でいそがしいって、子どもまでもそうなるんだ、と考えただけだった。

それから、先生の、春休みの注意などがあって、変かなあ、という思いはあっさり消えてしまった。ぼくはいつも、自分のドンカンに、あとで気がつく。チョー・ドンカンかもしれない。

デキボーからは、そのあとも、なんの連絡もなかった。それがくやしかったことはたしかだ。だから、ますます電話する気になれなかった。

三年生から、ぼくたちの記念樹《きねんじゅ》のように育てた友情《ゆうじょう》を、このまま、折ってふみにじるように、いなくなるんだろうか。

腹立《はらだ》たしさをおさえかねて、だろうか、根負《こんま》けして、だろうか、こらえきれなくなって、ぼくは電話をした。

デキボーの説明はわかりにくかった。

「ほんとうにごめん。向こうで、落ちついたら連絡するから」

最後だけ、はっきりそういって、あのときは終わった。まるで〝説明〟ではなかった。

こしたさきの住所と電話番号を、デキボーは仙台からつたえてきたが、そのときも説明はなかった。ぼくには、いまさら、と問いただす気もうせていた。

変なとき、変なことを思い出して、ぺダルが少しおもく感じられた。

「ドンマイ、ドンマイ。会いに行くいまになって、いやなことを思い出すなよ！」

ペダルをまわしながら、どなるようにぼくは叫《さけ》んだ。

神社から走って、もういちど休んでまた走ると、つぎは昼の食事だ。

きょうだけは、母さんのおにぎりが食べられる。

「メシを食べるんなら川だよ。流れの音を聞きながら、それがいちばん疲れがとれる」

父さんのアドバイス・スリーだ。

というよりこれは、父さん得意《とくい》の、〝リバーサイド・レストラン主義《しゅぎ》〟といったほうがいい。

父さんとツーリングしていて、ぼくは、食事をとる店に入ったおぼえがない。

街道すじのレストラン、ファミレス、ドライブイン、チェーンのラーメン屋さん、地方の名物を食べられそうな店。ことごとく、父さんは入るのをきらう。

雨の日なんて、橋の下だ。

「水の流れを見ながら食べれば、コンビニの、おにぎりやべたついた焼きそばだって、三つ星レストランの味だよ」

だからこのひとり旅でも、あたりまえのように、いま、地図で川をさがしたし、ずっとそうするつもりでいる。

でもぼくは、三つ星レストランなんて知らないし、父さんだって入ったことがあるかどうかわからない。つまり、気分のいい場所で食べるのがおいしい、って父さんはいいたいんだね、きっと。自転車ツーリングには、それが似合うんだと……。

たどりついた川は、夏らしい、たけの高い雑草《ざっそう》の中を流れる野川で、ところどころ、その草の群れに埋《う》もれるように、小さな畑があった。くずれながらのこっている、うねでそうわかったのだが、土はみんなかわいていて、作物は見えなかった。

向こう岸の、広々としたながめの中には、大きな農家でもあるのか、ところどころに、こんもりもりあがる、小さな森もある。田や畑にかこまれているのだろうが、ぼくのいる、ひくい川岸からは見えなかった。

流れには、谷川の、ひびくような水音はなかった。が、岸辺《きしべ》にすわったぼくのまえの浅《あさ》瀬《せ》が、風に似た音をたてていて、涼しかった。ぼくとその瀬を、強い日からかくしてくれ

た木陰《こかげ》で、弁当《べんとう》のつつみを開いた。

母さんのおにぎりは、おいしかった。正直、すきっ腹のせいもあるとは思ったが、こうばしい海苔《のり》の香《かお》りと、ほっくりやさしいにぎりかげん、具の、いくらやえび天もいい味で、三つ星レストランのおにぎりも、きっとこんな味がするのだろうと想像《そうぞう》できた。

少し眠《ねむ》っていた。木陰がずれて、日にさらされて目が覚《さ》めた。だけど、十五分ほどのこのうたた寝《ね》は、効果があった。それが午後のペダリングをかるくした。

一時間と十分の、走りと休み。そのペースで、北をめざして走りついだ。

ぼくにはいま、高い空から鳥が見ているような、一本の道が見えている。道は、遠い地の果《は》てに、伸びくねってつづいている。

それなのに道は、その地の果てから、どんどん流れ出てくる。川のように、ドライブゲームのように、そう、するする、するする、すべり出てくる道だ。

道といっしょに、周囲《しゅうい》の風景が……、田や畑、工場や商店街や、アパートなんかが広がる町、そんなのが、やっぱり地平から、シミのようにあらわれて、どんどんすべり出てくる。みんな、みんなすべり出てきては、ちかづいて、くっきりすがたをあらわして、道といっしょにすべり去る。

ぼくには、その道に、高い空から見ているような、サイクリストがひとり、見えている。すべり出てくる道の上を、地平をめざして走っている。

豆つぶのサイクリストだ。

サイクリストはいま、サドルの上でサッカーをイメージしている。きめこまかいドリブルで、せまる相手を右に左にすばやくかわし、そのとき肩をそびやかしてすすむ。あるいはくねり、からだをひるがえして、ふさがる相手をすりぬける。

ペダリングをいっとき休むのは、ロングパスがきまったときだ。だがすぐに、ボールを追って、もみ合う群れに疾走《しっそう》する。

せり合う群れから、ボールをたくみにはじき出し、シュート！　いっきにゴールをねらう。

鳥の目のぼくは、もういちど、道がすべり出る、地平の果てに目をこらす。

だが、かすむ地平に、まだゴールはあらわれない。

ペダリングのサッカーは、だからまだまだ終わらない。

いつの間にか、西日がさしていた。豆つぶサイクリストの影《かげ》が、ほそく長く、車道に伸びていた。

西日が直撃《ちょくげき》する国道を、ぼくはひた走る。射《い》るような熱い光だ。あしたは、肌むき出しの左の腕《うで》と足が、ひりひり痛むだろう。

いま八十キロ地点。もうすぐ宇都宮《うつのみや》の市街地に入る。そろそろキャンプのことを考えなければならない。

「町の中にはテントを張れるところが少ないぞ。あっても、キャンパーがおまえのような子どもだとわかると、好奇心《こうきしん》でひとが集まってくる。あまり歓迎《かんげい》したくない少年たち、むしろそういうのが集まりやすい。夏休みの夜だしな。遠くなら、おとなだと思ってだれも興味《きょうみ》を持たない」

ツーリング・アドバイス・フォアだ。

時間も体力もまだ余裕だ。目標の、あと二、三十キロは十分にすすめると考えて、地図を見た。

市街地をぬけて、国道が大きな川をわたる手まえに、川沿《かわぞ》いを左に入る道がある。二キロほど奥《おく》に、お寺のマークが目についた。きまった、ここだ。

指でなぞって、コースを頭に入れてから、地図をケースにおさめた。それから今夜とあしたの朝のための食べものを、通りかかったスーパーマーケットで調達《ちょうたつ》して、背の小さなザックにおさめ、キャンプの川をめざす。

予定地点で四号線をはなれた。少しわかりにくかったが、堤防《ていぼう》になっている土手にたどりついて、その上を走って間もなく、左がわに、地図にあったお寺が見えた。うまいことに、川原におりる道と、お寺のほうにおりる道とがある。お寺の周囲は、田畑とまばらな住宅地《じゅうたくち》だ。

川原は広かった。ごろた石、じゃり、砂地《すなち》、草原《くさはら》、なんでもそろっている。まばらな雑《ぞう》木林《きばやし》を背にした草地を、ぼくはえらんだ。

川しもには鉄橋があって、ときおり電車も通る。四号線の橋は、鉄橋の向こうで見えないが、地図では、わたりきると左に曲がる。だから対岸に、鉄道のガードをくぐったらしい車が光の列になって見える。

とぎれることないその列に、とつぜん車がふえたような気がした。せまる夜に、帰りをいそぐ車が集まりはじめたのだろうか。それともいっしょに走っていると、それほど多く感じないのだろうか。そんなこともあるかもしれない。そう考えてナットクした。

うしろの高い土手で、人家もお寺も見えないが、これならひとりでもさびしくなんかない。

キャンプ第一日。

で、ぼくのキャンプ・テクニックを紹介しよう。

テントを張る、それが最初《さいしょ》の仕事だ。父さんがまえにつかっていた、ふたり用テントを、ひさしぶりに持ちだした。ふたり用といっても、荷物を入れると、ひとりでいいぐあいだ。いま父さんとつかっている、三、四人用とは、大きさがちがうだけで、つくりは似ている。

まず、テントをささえる、二本のポールを用意する。

ポールは、ひと組九本つなぎの金属《きんぞく》パイプで、フェルトペンほどの太さ。その中に、ゴムのひもが通っている。折りたたばねている状態《じょうたい》のポールを伸ばすと、ゴムの力で、ひっ

ぱられてつながって、三メートル半ほどの長さにできあがる。二本しあげるのに、一分もかからないんじゃないかな。

テントの床《ゆか》部分を、地面にきちんと広げると、上に、ほそい、長い、二本の袋《ふくろ》がある。袋はX字型にまじわりながら、テントの四すみをつないでいる。その袋にポールを通してから、弓なりになるまでおしこんで、こっちのはしを、手まえにある止め輪《わ》にさして止める。このときけっこう力がいるので、はじめのころは、父さんの手をかりないとできなかった。

アーチ型のポールがテントをつりさげて、ささえる仕組みになっているわけだ。中に、ビニールシートをしくとできあがりだ。

自転車からバッグをはずし、テントの中に整理する。寝袋まで広げておけば、用意はカンペキだ。

食事は、コッヘルとガスバーナーでまず湯をわかし、「電子レンジなら二分、熱湯《ねっとう》なら十五分」というレトルトご飯《はん》を入れる。そこに四、五分あたためればいいという、やはりレトルトの、カレーや丼《どんぶり》ものの袋をおしこむ。時間差攻撃《こうげき》であたためるのだ。

これなら川の水が、少しぐらいにごっていても、袋の中にはなんの影響《えいきょう》もないが、きれいな水だったら、あたためたあとのお湯で、インスタントのみそ汁やスープをつくる。新しく湯をわかしていたら、ご飯がさめてしまうからだ。

だれかに話すと、「キッタネー」なんていうけど、ドンマイ、ドンマイ。だってミネラルウォーターだよ！　そういいかえす。

目のまえの川は、たくさんの町を通ってきたわりには、きれいだった。強い流れのせいだろう。つかえる水だと思った。

しかしぼくは、地図を見たときの計画を、そのまま実行した。

キャンプの場所を、お寺のそばにえらんだのには、しっかりわけがある。お寺は、広い庭のどこかに、水場があるのがふつうだし、ほとんど出入り自由だから、仏《ほとけ》さんのいそうな本堂《ほんどう》のまえで合掌《がっしょう》して、お水を少々いただきまーす……南無《なむ》、というぐあい。これも父さん流の、サバイバル・テクニックのひとつだ。

じつは、一回ぶんの調理に必要なていどの水は、非常用《ひじょう》として、ちゃんとバッグに入ってはいるし、目のまえの川の水でも十分だが、父さんの、日ごろの教えをいかすのと、キャンプ度胸《どきょう》をためす目的もあった。

今夜はカレーだ。レトルトはふつう、肉が少ないのがわかっているから、べつに買ってきたあらびきソーセージをいっしょに食べる。それに、半分に切って売っていたレタスに、家から持ってきた、小型容器《ようき》のマヨネーズをつけながらかぶりつく。

デザートには、アロエ果肉《かにく》入りのヨーグルト。なんだか疲れにきくような気がして、ツーリングでは、父さんもよく買う。

食事がすんだら、あとかたづけ。コッヘルは、水でよく流して、ティッシュでしっかりふきとる。これでたいがいOKだが、しつこいよごれは、水と砂を入れて、ぐるぐるまわして落とす。

「父さんの特許《とっきょ》だぞ」

そういってた。

あとはゴミをしっかり集めてポリ袋へ。

それが終わるころにはあたりがだいぶ暗くなっていた。

こっちの岸か向こうの岸か、上流に花火が見えた。火薬がしめってでもいたように、へなへなとあがって、力なくはじける。おくれて、なさけない音がとどく。それをながめながら、家にケータイを入れる。

父さんといっしょだと、ケータイの、電話やラジオなど、ぜったい持たない。わざわざ山奥にたどりついて、都会ふうの雑音《ざつおん》を聞きたくないし、気象《きしょう》情報《じょうほう》だって、スタートしてから気にしてどうする。朝、目覚めて、雨が降《ふ》っていたら、そのとき考えればいいんだ、とガンコだ。これは、どういう「主義」といったらいいんだろう。

今回は、はじめてのひとり旅だからと、ケータイ電話は持たせてくれた。

父さんはまだ帰っていなかった。そうだよな。ちょっとはやかったよ。

母さんに、現在位置《げんざいいち》、もちろん無事《ぶじ》であること、食事がすんだこと、けっこうくたびれたから、遼《りょう》くんに電話してすぐ眠ること、だからもう、父さんから連絡はいらないことをつたえた。それに、

「父さんには、ドンマイ、ドンマイ、っていっといて」

そうつけくわえて電話を切った。意味はなかったけど、父さんにはわかるだろう、きっと。

それから遼くんに電話を入れた。出たのはお母さんだった。

「ああ、俊也くんなの。ほんとうに出発したの……、すごいわねえ。遼はね、いま、家庭教師《きょうし》の先生がいらしてるのよ。夏休み？　もう少ししたらとると思うけど……、すこし遅《おく》れてるみたいだから、もうちょっとがんばるって。で、俊也くん、遼の仙台に行く話でし

ょう。行きたいみたいよ……。きめたわけじゃないけど。あっそう、あしたね。わかった、そういっておくわ。俊也くんも気をつけなさいよ」

遼くんのお母さんの話には、「……」が多い。おっとり遼くんのお母さんだもの、ふしぎはないか。

ひさしぶりに三人で会えるかもしれない。ぼくは、この旅の、最大《さいだい》のイベント成功《せいこう》に、希望を持った。

ママチャリの旅びと

目覚める少しまえ、夢《ゆめ》の底《そこ》にいたようだ。

ふかい青い底に、ぐるぐるの線がひそんでいた。緑色の、その線をたどっていると、外にさそわれる。うず巻《ま》きだとわかった。

蚊取《かと》り線香《せんこう》がゆらいでいたのだ。でもどうして？　蚊取り線香に、背びれ、胸びれ、尾《お》ひれがある。泳いでいるんだ。

「おーい、……かゆい、ンだよー」

ぼくもその底で、あえぎながらぶくぶくつぶやく。

蚊取り線香は、深海をただよっている。だめだ、深海魚には火がつかない。

「かゆいんだよう、なあー」

そこでいちど、目が覚めたようだった。水面に顔が出たように、スハーッと息がつけた。しいてあるだけの寝袋が、頭にからんでいたのだ。

うーん、……かゆい。

おでこをかいた。右のまゆのあたりが、ぽっこりはれている。やぶ蚊がひそんでいたのだ。こういうのって、しつこくかゆいんだよなあー。

テントの外はまだ暗い。ぼくはふたたび、ふかい底をゆらいで、夢をただよった。

蚊取り線香は、もういなかった。

上からなにか、白いひらひらがおりてくる。よく見えないのに、足のないイカだ、とぼくにはわかっていた。左から、棒《ぼう》のとれた、赤い竹ぼうきのようなものが泳いでくる。ふやふやにとろけてボケているのに、タコの足だ、とやっぱりわかっていた。ふたつはガッタイした。

頭を持ちあげ、目線を泳がせると、こんどは白々《しらじら》とした空が、テントを透《す》いてわかった。

目覚めていたが、疲れがぼくをしばっていた。また頭がしずんだ。

ガッタイ……。あのいやな海の生きものたち。

遼くんだ。あのときの「ホラー水族館」だ！

香川《かがわ》遼くん。デキボーとともに、三年生からの同級生。ぼくの、もうひとりの親友だ。

その遼くんが不登校《ふとうこう》になった。原因《げんいん》はイジメ。五年生からつづいていた。六年生の五月になって、遼くんが出てこなくなった。

もちろんそのまえに、遼くんのお父さんお母さんは、何度か先生と会って、相談したようだった。

「なにをやったって解決なんかしないでしょう、……この学校じゃあ。これまでだってさ、いろいろ見てきてるでしょう。……俊也くんだって」

登校をすすめた電話で、いつもの口調だが、そうきりかえされてぼくはだまった。

おっとりタイプの遼くんだから、てきとうに逃げかたはうまいように見えてたけど、ほんとうはちがっていたんだ。あきらめるのもあっさりしていた。

ぼくの目は、親友と考えている遼くんのなにを見ていたんだろう。

はっきりしない学校に、お父さんとお母さんまでがあきらめた。遼くんのおっとりは、お父さんとお母さんのもの、そのままだったのだ。

そうして、ぼくもあきらめた。

遼くんは、塾《じゅく》と家庭教師で勉強をはじめたらしかった。もう最後まで、学校には出ないつもりなのか、それがぼくの不安だった。

夏休み、仙台までのツーリングを計画して、準備をすませてから、ぼくは遼くんに、ヒミツの計画をつたえに行った。

「仙台で三人で会おうよ。もちろん遼くんには、電車で行ってもらうけど」

予想通りの、遼くんの輝《かがや》いた顔に、ぼくは満足《まんぞく》した。

「ぼくが着く日がはっきりしたら、連絡を入れるよ。だからその日か、つぎの日でもいい。仙台にきてほしいんだ。デキボーにはしばらくないしょ。びっくりさせてやろう。着くまえの日ぐらいに知らせるんだ」

デキボーにだけ、しばらくヒミツだった。

「でもお……さ、急に行って泊まれるのかなあ……。悪いんじゃないかなあ」

遼くんのしゃべりかたは、いい終わりをまってじれてくる。

「だいじょうぶだよ。むかしはおたがい泊まりっこしてたんだから。もしせまいとかっていうんだったら、ぼくはちかくに、テントで泊まってもいい」

遼くんは、コンピュータで遊びながら話していた。

ディスプレイが、黄色っぽい画面から、一面、ふかい青に変わった。

青い画面の上から、なにか白いひらひらがおりてきた。拡大《かくだい》すると、足のないイカだった。左から、棒のない竹ぼうきのようなものがよってきた。拡大すると、赤っぽいタコの足だった。

遼くんが、それをガッタイしたのだ。

「気持ち悪いことしてるなあ。なんでこんなことを……」

ぼくはコンピュータがわからない。どこをどうしているのか、わけもわからず画面が変わっていく。手品のタネを見やぶれないイライラを感じる。

こんどはまん中に、イセエビの足がついたウツボがいる。それを遠ざけるように小さくすると、まわりから、うす気味わるい、魚の画像《がぞう》が入ってきた。

「なんだよこれ」

「皿にもりつけるように、目を上にして、腹を手まえにしておくと、ヒラメは左を向いて、カレイは右を向く。……知らなかったでしょう。まん中でガッタイすると、両方に頭のある新種《しんしゅ》……、ヒラーメカァレーイ」

「ホラー水族館」と、遼くんはいった。最後は、遼くんにはめずらしく、ふざけたいいかただったが、ぼくにはヤケに聞こえた。

ディスプレイに映し出されている魚は、あまりにキッカイで、ぼくをいたたまれない気

持ちにさせた。

シュミのわるいホラー・ファンなら、あるいはよろこぶかもしれない。

カメラをひくように画面を動かすと、そんな魚が、中心に向かって、無数に集まってくる。小さくなると、ひとつひとつの形はわからなくなって、天空《てんくう》の星のようで、きれいにさえ見えるが、その数におどろいた。

二百種はこえている！

「これだけのこと……、いつからこんなことをやってるんだよ」

「ずいぶんかかった。そうねえ……、二ヵ月以上かも」

「公害《こうがい》の海の魚みたい。気持ち悪いよ」
「はじめ、魚に、人間の顔をはめこんだりしてたけど……、気持ちわるくて消してしまった。夢の中で、ぼく、釣《つ》られたりして……」
コンピュータなんて縁《えん》のないぼくは、どうしてそんなこと

ができるのかわからない。

「お父さんが仕事でつかってるから……。なんとなくおぼえて」

そうだ、遼くんのお父さんは、デザイナーなんだ。コンピュータ・グラ……なんとかになれているらしい。

それにしても、不登校、じっとひとり、ひたすらマウスでホラーな魚の群れ。

そこにぼくは、遼くんの、胸の底に流れる、うす暗い海流を感じた。

塾にかよい、家庭教師と向きあって、勉強だけは、ちゃんとしているみたいだからいいようなものの、遼くんの頭の中に、ほんとうに、こんな魚が巣《す》くっているようで、不気味《ぶきみ》だった。

「ホラー水族館」なんて、シャレでごまかしているけど、そんな遼くんがいたことに、あのとき、言葉にできないおどろきを感じた。

でも遼くんはウソはつかなかったのだ、とも思う。不登校になってからの気持ちを、正直にぼくにつたえてくれた、ということだ。

そうだよな。「おっとり遼くん」で、すべてをかたづけていたぼくが、やっぱりドンカンだったのだ。

六時半。時計を見て、チャックを開いた。テントの出入口から入る朝の風に、ぼくはすっきり、ホラーをふりはらった。

食事のしたくにとりかかった。朝露《あさつゆ》とまだ涼しい空気の中で、すべてがいつものペースですすむ。父さんがいなくっても、手順にまちがいはない。

食事がすんで、コッヘルとバーナーがかたづいて、それからシュラフとテントを荷づくりして、準備を終えたが、そのあいだも、あの日の遼くんが、すっきり消えたわけではなかった。

うす暗い海流は、ぼくにまで流れこんだのかもしれない。

走りだして、ペダルの回転にも影響はなかったと思うが、周囲を走る車が、いつになくうとましくてしかたなかった。

三十分ほどで、ぼくはサンライズを止めた。地図を開いた。たぶん一時間ほどで、右に入る道がある。黄色にぬってあるから、父さんがえらんでいた一本だ。おなじ国道だけど、少し行って県道に入れるから、その道なら車は少ないだろう。さきは、そのまま福島《ふくしま》県に通じている。四号線よりはのぼりがきついかもしれない。でも、きついコースを走るなら、疲れの少ないきょうのほうがいいだろうと思った。

その道をえらんだ、というだけでも、おもいものが少しへったような気がした。四号線をはなれて間もなく、コンビニがあった。少しはやいが、昼の食事を買った。地方道に入ると、まるで店がない場合がある。あっても、食事として間にあうものは、古っぽいアンパンみたいなものしかなかったりする。心おきなく走るためには、はやめの準備が大切なのだ。

県道に入って、予想していた通り、ペダリングは快調になった。通る車が小さいうえに、すれちがいも追いこしも、ぼくにずいぶん気をつかって走ってくれる。

道の周囲も変わった。森の中を行くように、左右に木々がせまるところがある。開けて田や畑の広がりがある。ながい生《い》け垣《がき》にかこまれ、林にうもれるようにたつ、大きな、むかしっぽいつくりの農家がならんでいたりする。

いつかの、群馬の道に似た、心いやされるサイクリストのための道だ。

だいいち空気が、風が涼しい。森や畑の、木々や作物、あたり一体をおおう、無数の緑に冷《ひ》やされたような風が、汗ばむ全身に心地《ここち》よかった。

波うつような高原ふうな台地に、道はジェットコースターのように、波うって、くねってつづいていた。ペダルの回転を止めて、ゆうゆう風を切るくだり。ギヤを落として、むりなく走るのぼり……。

ひたすらまえだけを見て走りつづけた。幹線道路とはちがって、この道には、周囲の風景を、カメラのシャッターを切るように、心に焼きつけながら走る楽しさがあった。

はるかな周囲を見た。

西に高い山々がつらなっている。父さんならぼくに、「山の見える角度と、峰《みね》の数をおぼえておけ、あとで地図で調べてみよう」というところだ。山の頭を数えようとしているうち、あいだに森がわりこんだ。

めざすさきには、山というほどではないが、こえなければならない高みがある。きついのぼりの頂点《ちょうてん》だ。

スカイラインの一角、あの、つらなる森のどこかを峠《とうげ》が通っていて、福島への抜け道になっているはずだ。

父さんから、その意味を聞いて好きになった言葉、スカイライン。

地上のいろいろなもの……、山々や地平、森や林、家の屋根などのりんかく線と、空がおりてきた、その下のはしとの、境《さかい》になる線だという。

スカイラインに向かって走っている。ぼくはそう思った。それは、すすむほどに形を変えて、けっして追いつくことのない線。それでいて、ぼくを呼びつづける線だ。

父さんサンキュー。いい道をえらんでくれたねえ。

遼くんのつらさなのか、あるいはぼくのつらさなのか、あのふかい底の青い色を、やっとはぎとれたような気持ちだった。

第一日目のきのうとおなじように、一時間ほど走っては休むペースで、三回目を走っているから、つぎは昼休み。サッカーならファーストハーフを終わる。

レストランがわりの川を、もう地図ではさがしてある。

たどりついたそこは、一枚岩の川底が、平らな床板のようで、水は布《ぬの》をしいたようにすべっていた。向こうの岸に、おおいかぶさるように木々がならんで、影をつくっていた。

その暗がりに、川底から持ちあがる岩のかべに、すえつけの椅子《いす》のような岩もある。

流れの上には、人がようやくすれちがえるほどの、手づくりのような橋がかかっていた。

自転車をおいて、バッグからタオルと食べものをとりだし、橋をわたった。

水辺で、またまた汗をふき、水をのんで、ひと通りのストレッチをこなし、上気《じょうき》したからだを落ちつかせてから、弁当を開いた。おにぎりがひとつ、パックの焼きそば、それにフライドチキン。変な組み合わせだけど、コンビニメニューだと、こんなぐあいになりやすい。あとは、のどに流しこむためのウーロン茶だ。

「わたし……、ちょっとお仲間に入れてもらっていいかな」

頭の上で声がした。

見あげると、橋の上に、ひとりのおじさんが立っていた。老人とはいえないだろうが、ちぢんだように、枯《か》れたように、ほそって小柄《こがら》なおじさんだ。からだに合わせたように、ほそぼそ遠慮《えんりょ》したいいかただった。

顔、半そでシャツから出ている腕、半ズボンから下の足が、まっ黒に焼けている。白髪《しらが》まじりの頭を、ほおのこけた顔と首を、シャツの胸からわきの下を、首にさげた、あんまりきれいじゃないタオルを、ひっぱりながらふいている。

「はあ……」

とつぜんだし、いやだなんてぼくにはいえない。

おじさんはポリ袋を片手にさげて、水辺におりてきた。坂をおりる、コケですべる岩を歩く、そのすがたがあぶなっかしい。

そばで見ると、きれいじゃないのは服装《ふくそう》もおなじで、いっしょにいるのに、不安を感じたほどだ。

「さっき、少し向こうで、わたしを追いこして行ったね」

「えっ、そうですか」

「いやあ、元気がいいねえ。はやいんでおどろいたよ。自転車もすごいもんね。ことによったら、あれはキャンプをしているの？」

「ええ、まあ」

対岸にのこしておいた、ぼくの自転車のうしろに、おじさんが乗ってきたのか、自転車が停《と》めてある。

ぼくは、ウーロン茶をひと口のんで口をしめすと、おにぎりから食べはじめた。

「どこからきて、どこに行くの」

ぼくから二メートルほどはなれた水辺にすわって、かかとをふみつぶしたスニーカーをぬぎ、靴下《くつした》のない足を、水に入れながらそういった。

「さいたま市をスタートして、仙台市までです。あさって着く予定です」

少しだけ自慢げに、力をこめた。

おじさんもようやく汗をふき終わって、ペットボトルのお茶をひと口のんでから、新聞

紙のつつみを開いて、おにぎりを食べはじめた。大きめの、海苔もまいていない、おしつぶされたようなおにぎりだった。

「おじさん、このあたりの人じゃないんですか」

不安をかくすように、強い言葉づかいで聞いた。

「ぼくもね、旅をしているんだよ。ぼくの自転車じゃあ、サイクリング、なんてカッコいいこといえないねえ」

意外な言葉だった。

「へえ、スタートはどこですか」

「隅田川《すみだがわ》」

「隅田川って、東京《とうきょう》の、ですか。でも、あのママチャリで……？　あっ、ごめんなさい。あの自転車でですか」

なんだかぼくは、がぜん興味がわいたけど、どうしてこんなおじさんが、あんな自転車で、こんなところまでくることができるのだろう。ぼくより遠く、東京から……。

信じられない。だから、なにから聞いたらいいのかわからなかった。

自転車は、ぼくたちがママチャリと呼ぶ、ふつう、お母さんなんかがつかっている自転車で、まえにはママチャリのシンボル、カゴまでついている。

カゴには、荷物もしっかりつんであって、その上には、いまぬいでおいたのだろうか、むぎわら帽子《ぼうし》もあった。

「そう、あれで。もう一週間を過《す》ぎてるねえ。雨が降ったりすると休むし、芭蕉《ばしょう》のあとをたどっているから。『奥《おく》の細道《ほそみち》』をね。あっちに行ったり、こっちにもどったりで……」

「えっ、なにをたどってるんですか」

「きみ、何年生かな」

「小学六年生です」

「なんだ、中学生かと思った、たくましいから。そうか、それじゃあ知らないかな」

おじさんはかんでいたご飯をのみこむと、ややあごをあげて上を向き、しずかに目をつむった。

「つきひははくたいのかかくにして、ゆきかうとしもまたたびとなり。ふねのうえにしょうがいをうかべ、うまのくちとらえておいをむかうるものは、ひびたびにしてたびをすみかとす……」

はりのある声がとんできて、ぼくにぶつかった。小柄なこのおじさんの、どこから出るのかと思うほど、声には強いひびきがあった。

「それって……、お経《きょう》ですか」

ぼくはそう聞いてしまった。

「わっ、わはっ、わぁはははっ……」

やはり、このおじさんとは思えない、大きな声で、とつぜん笑《わら》いだした。

「お経はまいったなあ」

もういちど笑ってから、説明をはじめた。

江戸《えど》時代、松尾《まつお》芭蕉という俳人《はいじん》がいたこと。俳句《はいく》をつくるために、何度も旅をして、紀《き》行文《こうぶん》を書いたこと、そのひとつが、『奥の細道』という本で、いまのは、その出だしだということ。

「これがそうなんだ」

おじさんは、古ぼけた文庫本を、ぼろっちいウエストバッグから出して見せた。

「いつもいつも、めぐってきて、去って行く月日や、年というものは、百代にわたる、つまり、永遠《えいえん》の旅人のようなものだ。舟《ふね》の上で仕事や生活をして生涯《しょうがい》をおくる人も、馬に旅人を乗せてくつわをとり、それを、年をとるまでひいて終わる馬子《まご》も、みんな日々の暮《く》らしが旅とおなじことで、旅そのものを住まいとしている……、ということだろうねえ」

おじさんは、そう説明してくれた。

「きみもわかっているだろうが、もうすぐ福島県に入る。むかし、福島から北は、だれも、あまりよく知らない、遠いところだった。〝道の奥〟といっていたぐらいだ。みちのく、なら知ってるだろう」

芭蕉は江戸を出発。このあたりを通って、平泉《ひらいずみ》まで行ってもどり、それから日本海にぬけて、新潟《にいがた》、金沢《かなざわ》などをまわり、大垣《おおがき》というところで旅を終えた――とくわえて説明してくれた。

「でも、それって何キロぐらいなんですか」

「これには、『ぜんどさんぜんりのおもい、むねにふさがりて』とある。いまの言葉でなら、前途《ぜんと》――それで三千里ということだから……、すごく遠い、という表現と、文章の調子でそういったんだろうけど、それだと一万二千キロだからね。じっさいは二千四百キロぐらいだったらしい」

「それでもすごいけど、で、おじさんはそれを、あの自転車で、走ろうとしているんですか」

考えられない、という気持ちでぼくは聞いた。だっていつまでかかるんだろう。ママチャリだよ！

「心配かね。心配はいらないんだ。いつ着いても、いや、着かなくってもいい。たとえ途中で死んでしまっても……。自己紹介《じこしょうかい》しよう。おじさんはホームレス。隅田川の岸で、段《だん》ボールで暮らしていた。あっ、いや、心配いらない。きのう、西の山のほうにいて、にわか雨にあってね、ずぶぬれになった。だから、ついでにそばの川に、着のみ着のままとびこんで、お風呂《ふろ》と洗濯《せんたく》、いっしょにすませてしまったから」

ひっひ、ひっひ……。

さっきとはずいぶんちがう笑いを、すいた歯のあいだからこぼしてから、自分の話をつづけた。

二週間ほどまえ、新入りのホームレスがきて、その人が乗っていた自転車と、段ボールの家をとりかえた。そのころ、『奥の細道』を読んでいた。

「むかしから何度か読んでいたからね。この旅に出てみよう、と思いついた。もう七年もホームレス商売をやっているから、お金がないときの、食べものの手に入れかた、寝ぐらのさがしかた、まさにプロ級だ。じつはこのおにぎりだって、今朝、通りかかった農家のおばあちゃんと話してたら、ちょっと待ってな、といってにぎってくれた」

おねだりしたわけじゃないんだよ。そういってから、さっきとはまたべつの、力ない声で笑った。

目が、たれさがる草のようにほそく、自然でやさしかった。

「なんだかわからないけど、おじさん、すごいことしているみたい。あっ、おにぎりのことじゃなく……、旅のこと」

「それは、ほめてくれているのかな」

「わかんないけど……」

「はっはは、正直だね。……ひびたびにしてたびをすみかとす。この本にそう記した、そのひとの気持ちになってみたかったんだ」

「あっ、それ、さっきもいってけど、どういう意味でしたっけ」

「日々の暮らしが旅であって、旅そのものが、自分を生かす『すみか』だ、ということかなあ」

「少し、わかるような気もします」

わかるような気もします？

意味もよくわからないのに、しかも、旅としては、往復八日ほどで、ぼくはちょっとなまいきなことをいってしまったような気がした。あとで思い出して、何度かはずかしい思いをすることになる。

おじさんは気にするふうもなく、さらにつづけた。

「言葉にして説明すれば、そういうことなんだけど、正確《せいかく》に、芭蕉の足あとをたどって行ったら、その気持ちを感じとることができるかなあ、って。それにしては、自転車で、ってのも、少しいいかげんかなあ。へっへっへ……」

ぼくはおじさんに感心して、安心しきって、それから二十分ほど、いろんなことを聞いたり話したりした。

ぼくもおじさんも、すっかり食べ終わっていた。

「この道を行って、福島に入ると間もなく右に行く道があって、そのさきに、白河《しらかわ》の関所《せきしょ》あと、というのがあるはずだ。わたしはいま、そこをめざしている。旅なれた芭蕉にして、旅立ってからそのあたりで、ようやく長い旅への決心がついた、といっているが、君はどうだろう」

「ぼくはもう、スタートしてすぐ」

「そうか、それはすごい。しっかりかくごして出たんだね」

地図に「昼食」と書きこんで丸でかこみ、「バショウおじさん」と書きたしてから、ひと足さきに、自転車に乗った。

シュー ッ、シュー ッ、のかわりに、変な言葉が出てしまった。

「タビニシテ、タビヲ、スミカトス。タビニシテ、タビヲ、スミカトス」

かなりはや口でいってのことだが、ピストンの動きと、なんとなく合っているように思えてふしぎだった。

ぼくにしては、すんなり暗記できて、うそみたいに口をついて出た、この言葉に、ぼくはあとで、ずいぶんなやまされるのだ。


国道四号線にもどった町で、きのうとおなじように食料品《しょくりょうひん》を買いこみ、町をはずれて川をさがし、いつものようにテントを張った。

レトルトご飯をあたためているあいだに、家にケータイを入れた。

こんなはやい時間なのに、めずらしく父さんが出た。待ってたのかな?

「そうか、県道で福島に入り、四号線にもどったか。予定よりちょっとはやいかな。ドンマイ、ドンマイ」

父さんも、ぼくとおなじ地図を見ている。

「そのあたりなら、まわりに民家《みんか》も見えるだろうから、さびしくはないよなあ。天気予報を見ておいたが、あした、ところによりにわか雨、というやつにぶつかるかもしれないぞ、天気が不安定のようだ。

で、どうだ、はじめてのひとり旅は。それでワインのラッパのみができるようになれば、父さんの気持ちがわかるんだがなあ」

なあにいってんだよ、じゃあねっ！　少ししらけてケータイを切った。

遼くんには、食事もあとかたづけもすっかりすんで、寝袋によこになって、寝るだけジョータイでケータイを入れた。

「行くことにしたよ、よろしく。ただ、俊也くん……あさって着くんでしょう。ぼくはどうしても、そのつぎの日じゃないと発てないの。……それでいいかなあ」

いいよ、いいよ。ドンマイ、ドンマイ。

それからぼくは、

「あしたの夜かあさっての朝、遼くんから直接《ちょくせつ》、デキボーに電話を入れてくれると、たすかるんだけど」

そうたのんだ。

そのころまで、ケータイのバッテリーが持つかどうかわかんないから、そういいわけした。

ほんとうは、遼くんと直接話をさせて、デキボーをおどろかせたかったのだ。

父さんの夜

五時。はやく目が覚めた。でも、ゆうべ眠ったのは、遼くんとの電話がすんだ八時ごろだったから、九時間ほどは眠っている。まだすっきりしてはいないが、十分のはずだ。

そうだよ、……遼くんくるんだっけ。

電話の内容が少しずつ、ノウミソからとけだすようによみがえる。

あさってのつぎの日……。いや、もう今日だから、あさってでいいんだ。遼くんに電話をたのんだよな、たしか……。

デキボーのお母さんも、きっとよろこぶよ。遼くん、なんだかかわいがられてたもんな。あのおっとりが、どこのお母さんにもウケるんだよ。

テントの入り口をあけた。周囲の草から、今朝わきだしたような、ひんやりとした空気がしのびこんで、こもった空気をゆっくり追いだした。その気持ちよさのなかで、もういちど寝袋にたおれこんだ。

そうだよ。四ヵ月ぶりで三人そろうんだ。

そう考えてから、ぼくたちの仲を、まだ覚めきらない頭で、あらためて思いおこした。

三年生のクラス替えでいっしょになり、間もなく親友になったのは、ぼく、戸田俊也と竹中英樹、それに、香川遼くんだった。

それぞれ、性格がまるでちがうのに、ふしぎにウマが合った。

おっとりやさしくって、行儀《ぎょうぎ》もいい香川遼くん。勉強ができることと、名前からもじって、ぼくがつけたニックネーム、デキボーの竹中英樹。少しイヤミなところもあるが、けっこうたよれるやつだ。そして、ドンマイドンマイ、父さんゆずりの体育会系《けい》のぼく。

おたがいの家に泊まりっこしたり、遼くん

の家族が、おじさんの別荘《べっそう》に行く夏休み、デキボーとぼくも、招《まね》かれたこともあるほどだった。

なにかというと、三人、肩をならべ、ときにはその肩を組み、あるいはたしかに、ちょっとベタついて見えたかもしれないぼくたち。キューキョクは、校外学習のとき、いっしょに弁当を開いて、おかずをつっつき合って食べていたぼくたち。しかもそれを、「おしゃべり新聞」というあだ名の女子に、しっかり見られていたぼくたち。みんなとはなれて食べていたのに。

そんなぼくたちは、クラスでいつしか、「イヤラシ三人組」と呼ばれたりするようになった。五年生になったころには、学校全体でも、目立つようになっていたようだ。

その五年生の夏休みのまえ、デキボーが六年生とショートツした。ケンカなんてするような、アツい性格じゃなかったのに、きっとねらわれていたのだと思う。

すぐに夏休みだったし、そんな大ごとと考えていなかったから、そのままわすれられるだろうと思った。本人はどうか知らないけど、ぼくはすっかりわすれていた。

二学期から、しかえしのようにイジメがはじまった。ねらいはぼくたち三人に拡大した。はじめから、それが目的だったのだ。

ぼくはからだが大きかったし、腕っぷしも強そうに見えたのだろう。わるさは、デキボーと遼くんに集中した。手をかえ、新手《あらて》をくりだして、イジメはふたりとぼくをおびやかす。そのさなかに、デキボーが転校したわけだ。

六年生になった四月、遼くんがひとりでイジメにあっていたのを、たまたまぼくが見てしまった。ぼくは遼くんをとりまいていた三人に、もうれつに抗議した。

それがわるい結果を招いた。イジメが陰にかくれたのだ。

もともとのイジメグループは卒業《そつぎょう》していたが、一年下の仲間がひきついでいた。外の中学生たちともつながっている、といううわさもあったグループだった。

遼くんへのイジメはつづいた。

ぼくはできるだけ、遼くんといっしょにいるようにしたが、まもりきれないことも多かった。

遼くんは家で話した。お父さんとお母さんが先生に相談した。先生は調べてみることを約束《やくそく》したが、なにを調べているのか、時間がかかるだけだった。

五年のときのデキボーはかくしていた。じっとだまり通して、転校で終わった。

ぼくは話したけど、「べつにひどいことはないから心配ないよ」、そんなていどだった。

デキボーがいなくなったとしても、ほんとうは、三人のことを、イジメのはじめからきちんと、先生に話すべきだったのかもしれない。

それが遼くんのうったえを、少しは有利《ゆうり》に変えたのかもしれない。

遼くんの不登校までには、こんないきさつがあった。

ふたりがいなくなって、ぼくへのイジメは消えてしまった。ふたたび、楽しい学校生活がもどるはずだったが、群れからはぐれてしまったようなぼくに、新しい友だちはできなかった。

どうして朝は、さびしい思いにとらわれるんだろう。父さんといっしょだと、そんなこともないのに……。

「ドンマイ、ドンマイ、しまって行こう!」

六時半、体育会系はカラ元気で、テントをとび出した。

湯をわかしながら、テントの露をはらい、かわきやすいように、ときどき角度をかえて、ときはじめた夏の日にあてる。

レトルトご飯をあたため、中華丼《ちゅうかどん》のパックを、いつものように時間差攻撃であたため、食事をすませ、食器を洗《あら》い、ゴミをかたづけ、荷物をまとめてサンライズにセットし、とにかく動くんだ。そう考える。

いや、考えるんじゃない！　動くんだ。みんなで会えればきっと楽しくなるさ。

そうして、ぼくは今日のエネルギーをひきだした。

わすれものなし。ゴミひとつなし。

今朝のサドルにまたがる。尻《しり》に、セットされたような疲れがよみがえる。

右足に力をおくる。

ぼくは、いつものシューッ、もやめて、いっきにスピードをあげた。

「道の奥」とかに入ってから、ずいぶん車も少なくなったし、ベストコンディションで風を切る。

「ワインのラッパのみができれば……」だって？

また父さんが出てきた。

考えてみると、そのワインのラッパのみにつきあわされて、ぼくは父さんのことをずいぶん知った。

大学生時代のラグビーを卒業してからは、「いっぱしのサラリーマン」をめざして、しばらくスポーツからはなれていたという。しかし、わきたつ血はおさえられなかった。

自転車に乗った。ひとりで、いつでもとびだせるスポーツだ。

はじめは日帰りだったという。タイヤのほそいロードレーサーで、ただただ走りつづけていたという。あるとき、川原に張ってあるテントを見て、山にしたしんだ高校時代を思い出し、そのまま自転車とテントを組み合わせた。

ぼくが小学校に入ったころ、キャンプツーリングに変えたようだった。

ときには、行くさきさえつげずに旅立つ父さんの気ままに、「フーテンの父さん」と呼んで、母さんはあきらめている。二泊か三泊がふつうだが、二週間というのをぼくは知っている。あのときいったい、会社はどうしたのだろう。

父さんと走りはじめたころ、サイクリングでキャンプなんて、どうしてはじめたの。なんで好きなの。せせらぎの音のそばで父さんに聞いた。

「へ理屈《りくつ》かもしれないが、俊也に理解《りかい》できるかどうかわからないが、旅としてとってもシンプルだからだ。シンプル……、わかるか？　そう、単純《たんじゅん》でもいいが、簡素《かんそ》、がいいかな。だいたい人間そのものが、本来シンプルなんだ。旅もそれでいいじゃないか。

走る道具、寝泊まりの道具、食べるための道具。必要なのはそれだけ。

脚の力でまえにすすみ、その日たどりついたところで眠る。バーナーとコッヘルで食事をつくる、が原則。昼は、炊事《すいじ》やあとかたづけの時間がもったいないから、コンビニのメシにするけど、そのかわり、水辺がテーブルだ。シンプルな旅のメシに、ファミレス、ドライブインなど、かざりたてた舞台装置《ぶたいそうち》はいらないだろう。

音楽や、気象情報を聞くラジオも無用。ケータイ電話も不要。

風のメロディー、ペダルのリズム……、走ることを楽しむとき、ほかになにがいる？

目覚めた朝が雨だったら、そのときどうするか考えればいいんだ」

いままでこの演説《えんぜつ》を、何度聞かされたろう。ワインがよくきく、と自分でいう夜の、きまり文句だ。

それにしても、「風のメロディー、ペダルのリズム」なんて、母さんが聞いたら笑うんじゃないかなあ、って思うけど、いったことはない。

「夜はこうしてワインをのむから、欲望《よくぼう》もなく、とはいわないが、一日を走り通した夕ぐれの、旅をあじわうメイソウの道具なのだ……。ゆるせ！　俊也」

めずらしいほど酔《よ》った夜だったが、一瞬《いっしゅん》、まじめになってつけくわえた言葉があった。

いまは俊也とふたりだが、これからおまえも本気で走りつづけるとすれば、きっと、父さんひとり、俊也もひとり、そういうときがくるだろう――と。

「おたがいの旅をさがすためだ……」とも。


にわか雨におそわれた。流されたように、父さんがかき消えた。あっという間にずぶぬれだったから、雨具をあきらめた。背にちかづいた黒雲に、気づいていなかったのだ。まるで、フイの敵《てき》に、スライディングをくらった気分だ。

こんな季節だから冷たくないが、大つぶで痛《いた》い。雷《かみなり》もあったが、遠い音でたすかった。なんのまもりもない自転車は、雷がにがてだ。

昼の食事の、二十分ほどまえだった。街道に沿って、右に川があるのは調べていたから、そこをめざして入った。

小さいけれど街の中で、何本か橋があった。こんなときは、なにしろ橋の下だ。タオルと弁当だけを出して、父さんの教え通り、橋の下にのがれた。

からだをふきはじめて思いついた。

お風呂と洗濯……、そうだ！

ぼくは着のみ着のままで、まだにごっていない川にとびこんだ。

「ぼくもおじさんみたいに、プロになれそうだヨー」

水の中で髪をもんで、同時に、からだを洗濯機のように回転させてから、プハーッ、と水面に顔を出し、そう叫んだ。

その声が、橋に反響《はんきょう》して消えたあと、ひっひ、ひっひ、と変な音がした気がしたが、どっちもすぐに、川面《かわも》をはげしく打つ雨音にくだけた。

午後を走りはじめた。雨あがりの街道には、熱《ねっ》したアスファルトからたちのぼった、むすようなよどみが、ところどころに群れていて、雨と土ぼこりのにおいが、むらになっていてかぎわけられた。

三十分も走るころには、きっと涼しくなってくれるだろうと予想したが、たどりついたそのあたりには、雨が降ったようなあとはなかった。

あいかわらず熱気がたちはだかっていた。

まるで夏の独裁者《どくさいしゃ》だ。気まぐれな空にそう思った。でも、これなら、着ているものがすぐかわくんじゃないか、わるくもないか。

天気なんて、けっきょくどっちでもいいんだ。ねっ、父さん！

あと二時間半ほど走ると、往路、最後のキャンプになる。あすはデキボーの家に泊まれるのだ。きっと楽しい夜になる。

そこまで考えたとき、どうしてだろう、今夜は、まったく走る車や人家のあかりのないところにテントを張りたいと思いたった。

たったひとりで、そんなことができるものか、ためしてみたかったのかもしれない。

しかしすぐに、もっと大切なワケに気づいた。まっ暗な中で、川のそばで、「父さんの夜」を体験《たいけん》してみたかった。ぼくといっしょに走るまえに、たったひとりで渓流《けいりゅう》にテントを張った、父さんの夜を。

ぼくにはまだ、ワインはダメとしても。

午後、いちど目の休みで、地図を見た。

宮城県への境、四号線の少し西に峠がある。四号線から遠くはないけど、曲がりくねっているぐあいから、かなりの急坂なのだ、と想像がつく。

標高は記していないが、いっぱしの山なのだろう。

峠から向こうは、目測《もくそく》、二十キロほどでまた四号線にもどっている。コースとしてはいいぐあいだ。

その峠ごえをめざす。

コピーの地図だから、父さんのぬった色わけのほかには、なんの色もないが、峠をこえると間もなく、道に沿ってたしかに川の線がある。この道は、父さんのえらんでいるコースではなかったが、川を理由に、そこにきめた。

通りかかったひとに聞いて、峠につづく道に入った。

みじめに予想があたった。地図のくねりぐあいはウソではなかった。

一日走った終わりに、こののぼりはザンコクだった。きのう、かくごしたあの道より、はるかにきついこの道を、なんでえらんでしまったんだ。地図でわかっていたんじゃないか。

あのくねりぐあいに、なぜビンカンに、ヤーメタッ！　って反応《はんのう》できなかったんだ。どこかで、ぼくのドンカンがささやいたんだ、きっと。

ドンマイ、ドンマイ、って……。

グチって、のろって、ぼくはのぼった。

休み休み、ぼくはのぼった。ギヤ比《ひ》をいちばんひくくまでさげて、それでもぼくと自転車は、坂にかなわず左右にふれた。

とうとうおりておして、ぼくはのぼった。ペダルからおりた足は、試合に敗《やぶ》れたイレブンのように、おもく地をひきずった。

まわれ右して、逃げくだりたい気持ちに何度もおそわれながら、それもできずにぼくはのぼった。

峠で、杉《すぎ》の山の下、つる草の斜面《しゃめん》に、ぼくは、サンライズ号を、のこりかすの力をこめてほうりだした。

ニクラシイ！　オマエナンテキライダ！

本気でそう思っていた。

自転車をおしたおした反動で、道にひっくりかえった。よれよれの大の字だった。腰《こし》から下が、がくがくふるえて止まらない。

杉の林にはさまれたせまい空を、あかく染《そ》まりはじめた夏雲が、ゆっくり流れていく。

目尻から涙《なみだ》がこぼれ、こめかみをつたって落ちた。

ナミダ！　なんで？　ぼく泣きたいなんて思ってないよ。やめてくれよ、涙なんて。とたんに涙は、とめどもなくあふれて落ちた。

雲がにじむ。雲がゆがむ。雲が流れ落ちる。


たどりついた川は、せまくて、岩と石とで、水辺にテントはむりだった。

それだけに、流れの音は迫力《はくりょく》があった。

眠るまでを水辺で過ごすことにして、テントは道をわたった反対がわ、少し入りこんだ草地をえらんだ。あたりを下見したとき、はなれて農家らしい家はあったが、川辺からもテントからも見えなかった。

川とテントのあいだの道を、ときどき車が通った。暗くしずみはじめた山あいの道を、ヘッドライトの光が走る。光は、林や草むらを透かしてすすみ、とつぜん広がり、とつぜんとびのき、あるいは回転しておどった。

ざわめく、光と影のまぼろしだった。

エンジン音は、水音が消してくれたが、ときどきさわぐ、その光だけが、残念だった。

天空にはまだ明るさが残っていたが、あたりは暗さをましてくる。

もうすぐだ。「父さんの夜」がおとずれる。

ましてくるうす暗さの中で、ひとりっきり、わくわくしながら、食事のしたくにかかった。

今夜のレトルトは牛丼《ぎゅうどん》。べつにわかめスープがある。これではたりないと思って買ったサンドイッチと、またアロエ入りのヨーグルト。よかった。峠ごえの、あのチョーへとへとに、きっときいてくれるはずだ。

ぼくは、父さんがワインを楽しむペースをまねて、ゆっくり食事をした。ウーロン茶が雰囲気《ふんいき》をつくってくれる。

闇《やみ》はすっかりできあがっていた。

闇といっても、空の暗さと、森の黒さのくべつはつく。ちかくなら、草むらの葉が一枚一枚見える気がする。川原の石は白くて、水の流れは黒くて、岩をとびこすしぶきは、はしゃぐうさぎのように、白くゆれている。足もとなら光はいらない。ガスバーナーの青い炎《ほのお》と、必要なときだけつける、頭のランプ。それだけでぼくは安心しきっている。父さんとぼくは、いつもそうしてきた。

ひとり旅のころの父さんは、かすかにまわりを見透かす、こんなふうな闇の中で、なにをしていたのだろう。

もちろんワインをのんでいた。そうして、なにを考えていたのだろう。

いつだったか父さんは、

「こうしていると、しかもふしぎなことに、ワインがきいてくると、自分の形がわかってくるときがある。それどころか、からだの中が見えてくるときもある。酔うほどに……」

そういった。

「俊也、すまない！　すこし酔ったかな。それじゃあ俊也にわからないよな」

たしかにその夜は、いつもより酔っているようだった。

「自分の形って？　からだの中って……？」

「白い。そう、白いんだ、たしか……。学校の図工室に、石《せっ》こう像があるだろう。あんなふうかなあ」

「はっきりしないの」

「中が、ぼうっと明るい」

「気持ちわるくないの」

「いや、いいんだ。そんなときは、まわりの風景が見えなくなる。そのぐらい、いいんだ」

「ますますわからないよ」

「おまえもワインをのめるようになったら、わかるかもしれない」

その夜はめずらしく、ぼくよりはやくテントに入った。

そんなふうにワインがのめたら、ほんとうに、父さんを知ることができるのだろうか。

この闇の風景と谷川の音だけでは、だめなんだろうか。

食事もかたづけもすんで、流れのそばによこになった。

「父さんの夜」にしのびこんだぼくは、闇のいちばん底のところで、背中にあたる、でこぼこの石の痛さをこらえていた。

ぼくの形……、ぼくの形……。

そうか。父さんの形を知るには、ぼくの形を知らなきゃならないんだ、きっと。なにかを見つけたような気がしたが、でも、ぼくの形って？

250T

またひとつわからないものにぶつかった気もした。

車が一台、光をおどらせて通った。もう九時ごろかもしれない。道をわたり、ぼくはテントに入った。

ゆっくりし過ぎた。

ケータイが鳴った。デキボーだった。

なにかしきりに怒《おこ》っている。が、おしころした声で、意味不明だった。

「なんで遼くんを呼んだんだ」

ようやく聞きとれた。

「ああ、電話がいったんだ」

「なんで遼くんを呼んだんだ」

怒っているが、それしかいえないようだ。

「どうしたんだよ……」

眠いうえにとまどって、ぼくはどう答えるべきかわからない。だって、怒っている理由がわからないのだ。

「だから、なんで遼くんを呼んだんだ」

「三人で会おうと思ったからじゃないか。わかりきったことを聞くなよ」

「遼くんを呼ぶなんて、ひと言もいってなかったじゃないか」

「どうして呼んじゃいけないんだ」

「ぼくは、遼くんなんか待っているんじゃないんだ」

「なんだよ、そのいいかた。待っているんじゃないって、会いたくないってこと?」

「…………」

「で、くるな、っていったの?」

「…………」

「くるなって、そういったんだな!」

ぼくはきめつけた。

「いってなんかないよ」

怒っているだけで、ほかの言葉がつづかない。デキボーにしてはかなり変だ。

ふつう、デキボーとぼくがけんかをすると、もちろん口げんかだけど、ぼくが負ける。

理屈もへ理屈も、きっちりスジを通すからかなわない。サッカーなら、キック・アンド・ラッシュ。一発ロングをけりこんでおいて、すばやく追って、スピーディーな攻撃をしかける。

それが今日は、まるでいいよどんでいる。走るもない、キックもない、もつれる自分の足さえ見えていない。

「なにを怒っているのかわからないけど、そんなにいやなら、はっきりいえばよかったじゃないか、こないでくれって」

間があった。

「……だって、ぼくがいなくって、母さんが電話に出たんだ」

やったあ！　不安がすっとんだ。自信が入れかわった。

なんでデキボーが怒っているかわからないが、あのお母さんが出たのなら、きっと、大歓迎する、と遼くんにいったはずだ。

デキボーは「イエスお母さんマン」だから、お母さんにはさからえない。

ふきだしそうだったが、自信をかくして、つきはなした。

「で、遼くんはくるのか、それともこないのか。いやなら、いまからでもことわればいいよ。電車に乗るのはあさってなんだ」

デキボーは無言《むごん》だ。

「なんだかわからないけど、ぼくのしたことが気に入らないんなら、ぼくはとりあえず、あしたはそっちには行かないよ。仙台のどこかにテントを張る」

さらにぼくはつきはなした。時間はある。デキボーのことは、その時間にまかせた。

電話の向こうは、まだ口ごもっている。お母さんのこともあるし、くるな、ともいえないんだ。きっとそんなことだ。

無視《むし》！　ぼくは予告《よこく》もなく電話を切った。

テントの友

寝るまえの、デキボーからの電話を思い出したが、朝の気分は最高だった。

テントの外の、朝霧《あさぎり》に感動したからだ。ぼくの大好きな山のドラマだ。

昨夜、あかりひとつ見えない闇を体験して、今朝、おし流されそうな、山霧につつまれた。霧は、波になってぼくをおそう。消えたかと思うと、また林の奥からよせてくる。せまるフォワードだ。

山をおおう美しさだけではない。この不安感も、なぜか好きだ。

ここをえらんだのはラッキーだった。もう、あの急坂の、すりへるようなつらさも、わけもわからずにあふれた、峠の涙もわすれていた。

食事のしたくにかかった。いっしょに、テントの露をかわかしたいのに、山陰で日がとどかないし、うすくはなりながらも、霧は、林や草むらに、しばらくぐずぐずのこっていた。そんなに高い峠をこえたわけでもないのに、だから、林をもれてくる空気は、むきだしの肌《はだ》につめたかった。

父さんに電話を入れた。もちろん報告は、まっ暗な谷川でテントを張ったこと。ベリー・ナイスな一夜だったこと。

「ひとりでツーリングしてたころの、父さんの夜を体験したかったんだ。父さんの気持ちわかったよ。ちょっとだけど」

少し、ウソが入っているかな？　そんな気がした。

「母さんにいっておくよ、父さんのつぎは、フーテンの俊、だって」

そういって父さんは、大声で笑った。うしろで母さんも笑っていたようだ。

「いよいよ仙台だな。そこからなら、昼過ぎには、デキボーくんに会えるだろう」

すかさずぼくは、うん、と答えたが、すぐに、ご飯ができたから、と電話を切った。

それがねえ、ちょっとイエローカードの気分……。

ふきあがっているコッヘルの、白い蒸気を見つめながら、ぼくはつぶやいた。

急ぐことのないきょうだから、ゆっくりテントがかわくのをまって、スタートは九時を過ぎた。ぬれたテントはおもさがちがう。雨ならあきらめるが、快適《かいてき》なペダリングのためには、できるだけかるくしたいのだ。

地図には、「泊」と書きこんで、大きめに、「父さんの夜」とくわえた。

そう、いよいよ仙台だ。デキボーのことを考えると、気分は晴れなかったけど、サイクリストとして、計画したコースを走りきるうれしさは、おさえられなかった。

たったひとり、はじめての、長い長いコースだもの。

ときどき農作業の軽トラックが、道のはしに駐車《ちゅうしゃ》しているだけの、四号線につづく、長くなだらかなくだり道を、サンライズ号は快走《かいそう》した。

きのう苦しんだぶんだけ、しっかりこの道からかえしてもらった思いだった。「父さんの夜」から、幹線道に合流するまでの十五キロほどを、四分の一もペダルをふまなかった、と思う。

雲に乗って空とぶサル！　そんな気分でぼくはくだった。雲はウキウキ、ぼくはワクワク。

風にもなった気分でいたから、じつは三日後に、まさかこの道で苦しむことになろうとは、思いつくわけもなかった。しかも、遼くんといっしょに。

もどった四号線は、仙台という大都市がちかくなったせいだろう。車の激流《げきりゅう》だった。が、いまは、その車たちのまきおこす熱風《ねっぷう》にさえ、なつかしさを感じた。

あいかわらず、一時間走って休むペースで、ペダルをまわしつづける。

仙台を目のまえにして、最後の昼食のとき、平野の大河《たいが》らしく、よどむように流れる水面を見ながら、デキボーの電話を思い出していた。

なぜ遼くんがいやなのだろう。

遼くんとデキボーと、ぼくの知らないところでケンカをするはずがない。だいいち、あのおっとり遼くんが相手では、ケンカにならないよ。

いまだに電話がないということは、デキボーはまだ怒っていて、デキボーはまだこまっているのだ。

とにかく仙台駅だ。

大宮駅発、仙台駅行き。ぼくのサンライズ号を、終着駅に到着《とうちゃく》させなければならない。

やがて道は、大都市の風景に変わっていく。道が広くなった。見なれたマークのスーパーマーケットやファミレスが目につく。コンビニやガソリンスタンドの数がふえ、巨大な倉庫《そうこ》や工場らしい建物も目立ってきた。

二時半過ぎ、仙台駅に着いた。

駅の大きさ、長さにまずおどろいた。だから、駅前の広場も、あたりまえだけど広い。

バスやタクシーが、場所をわけられて、行儀よくならんでいるが、朝でもないのに、その数は、出発のあの朝の、大宮駅とはくらべものにならないほどだった。

ロータリーに、ぼくはサンライズ号を乗り入れた。

シューッ、シューッ。

効果音をしだいにをおそくして、ピストンもそれに合わせて、その長い駅舎《えきしゃ》のほとんど中心に、サンライズ号は停車《ていしゃ》した。

トリップメーターは、三百五十二キロ。まわり道のぶんと、それにメーターの誤差《ごさ》とだろう。

ぼくは、サンライズ号のドロップハンドルと握手《あくしゅ》して、それから、チームメイトの肩をたたくように、サドルを、思いをこめてしずかにたたき、完走の感動を十分胸にきざんでから、街へ走った。

仙台は通りが広い。

少し走って、道の中央が遊歩道になっているところで、ぼくはベンチによこになった。けやきの並木《なみき》が、四列にならんでいる大通りだ。なるほど、これはモリだ。

それにしても、杜の都のデキボーくん、どうなっているんだ、いったい。

連絡する気には、もちろんなれない。無視して、とつぜん電話を切った自分から。

地図を取りだし、今夜、デキボーんちに泊まれないものとして、テントを張る場所さがしをはじめた。少し街からはなれているが、海がある。ぼくは海なし県の人間だから、あの広さ、大きさには、すなおにあこがれを感じる。

海辺のキャンプ。それもいいかなあ。

ベンチにながながと寝そべる足さきに、なにかひと言ありそうなお年寄《としよ》りがいるのに気づいて、ぼくはおきあがり、ぺこり、頭をさげてスタートした。

海には長い長い堤防があった。長い長い砂浜があった。右も左も、その果てが見えなかった。

波うちぎわから少しはなれた海中に、五十メートルほどの長さをひと群れに、テトラポッドがならべてあって、見えるかぎりの海岸に沿って、長い点線のようにならんでいた。テトラポッドと砂浜のあいだに、ラインをひいてかこい、それが海水浴場《かいすいよくじょう》になっていた。

ぼくは海で泳いだことがない。アルバムには、海の浅瀬に、半ズボンのますわりこんでいる写真はある。小さいころ、潮干狩《しおひが》りにでも、つれて行ってもらったことがあるのかもしれない。

ぼくが泳ぐのはいつもプールだ。泳いでいて、見える周囲は、すべてコンクリートやタイルだ。コースロープの中を、右側通行で、行儀よく行ききすることが多い。

だからぼくには、海中の周囲が想像できない。塩っからいという、海水がわからない。そんなぼくに、海水浴場で遊ぶひとびとの群れは、色にぎやかな模様《もよう》にしか感じられなかった。

テトラポッドのはるかに目をやる。

大きい。水平線を、見えるかぎり右から、見えるかぎり左へ、ゆっくりたどってそう思った。

一直線の、いや、なんだかまるみをおびたスカイラインだ。あの水平線までどれほどあるのだろう。サンライズで走ったら、いつ着くのだろう。

　気のせいではないと思う。海の中ほどが、ゆっくりともりあがってくる。そのぶん、べつのところがしずみこむ。それが、場所が変わってくりかえされる。よこたわる海の、呼《こ》吸《きゅう》する胸のようだ。

　どこかで見たことがある風景だが、海に行ったことをおぼえていないのに、なぜ海面の記憶《きおく》だけがあるのだろう。

　足もとの砂からのぼる、熱い上昇《じょうしょう》気流には、にごったような潮《しお》のにおいがあって、そのむせかえるようなにおいに、ぼくはなれることができないようだった。

　気がつくと、海には、谷川のようにすっぽりつつみこんでくれる、やさしいくぼみがない。あんなに大きいのに、ぼくは、そのどこにもおいてもらえそうもなかった。

　移動を考えていたとき、ケータイが鳴った。デキボーだ、きっと。

　そうだった。

「着いたの？　で、いまどこ」

　こんどはなんといってくるか、かまえて出たのに、遼くんかと思ったほど、やさしい話しかただ。一瞬とまどって、つくった。

「ツ、キ、マ、シ、タ。イ、マ、カ、イ、ガ、ン、デ、ス」

アニメの異星人《いせいじん》のつもりだ。

「怒ってるんだ。ごめん、あやまる」

すなおに、いいよいいよ、なんていえるか！

「とにかくあやまるから……。あのさあ、今夜テントに泊めてくれないか」

「どうしたんだよ、とつぜん」

「いやなら、もちろん家にきてかまわないんだけど、いちどテントで寝てみたいんだ」

「あの電話から、急には信じられないけど、本気でいってるの」

「でねえ、じつはいま母さんに、テントで食べるものを用意してもらってるんだ。いやならこっちで食べてもいいいんだけど」

「わかったよ、ウェルカム！　でも、少しせまいよ」

「かまわないよ。で、どこに泊まるつもり」

「海がいいかな、って見にきたんだけど」

やめたほうがいい。デキボーがいった。

夏の海辺は、変なのが集まるんだ。茶髪《ちゃぱつ》の中学生、バイクの高校生……。

そうだった。父さんもいってたよね。

きっぱりと、海をはなれる決心がついた。

夕方、デキボーの家にちかい駅で会うことにした。

デキボーは、マウンテンバイクで待っていた。買ったばかりらしい、輝くそれは、ボディーはレモンの黄色。タイヤにもおなじ色のベルトが走っている。

「カッコいい！」

しっくりしないまま、握手でごまかしてから、ぼくはいった。

「……だろう」

「山へでも行くの？」

「そんなこと、ぼくにはできないよ。ときどきサイクリングていど……」

それからお礼みたいに、ひとしきり、ぼくの自転車と、装備《そうび》をほめてくれた。

デキボーは、二度ほど行ったサイクリングの、コースの途中《とちゅう》だという場所を、ぼくの地図で説明した。

「この小さなダムを過ぎると、テントを張れるところがあると思う。家なんかもないし」

たしかにそこは、街からちかいわりに、緑濃い一帯《いったい》で、どこへつづくのか、ま新しい道が、白く伸びていた。

道に沿って、ダムに流れこむ、そのわりには、たよりない、ほそい川があった。

何度か自転車を止めて、泊まれるところをさがしながらすすんだ。流れの上に、板の橋がわたしてあるその奥に、デキボーが、いい場所を見つけてきた。

教えると、デキボーは大よろこびで、テントを組みあげた。少しぼくが手伝った。

食事は川のそばで、とぼくはいったが、デキボーはテントがいい、といい張った。

テントの中で、デキボーはおおはしゃぎだった。ふだんあまりつかわないけど、ベルトで頭につけるライトより、ちょっとは雰囲気がよくって好きな、ランタンに灯《ひ》をともした。

その、ぼくのサービスに、デキボーは、感激《かんげき》の炎をあげた。

ザックから食事を出しはじめた。つぎからつぎと紙の弁当がならぶ。開くと、味気《あじけ》ない、テントにしいたシートが、パーティーのテーブルのようだ。

「なんで遼くんがきちゃいけないんだよ」

ぼくは奇襲《きしゅう》した。弁当のにぎやかさにごまかされそうな気がしたからだ。

デキボーの手が止まった。

「いわなきゃいけないよね」

「くるなっていったのか」

「いわない。そんなこと、やっぱりいえないよ。だから予定通り着く」

調子が落ちてくる。

「…………」

「ぜったい、とはいわないけど、デキボーもあれだけのことをいったんだ。説明する責任《せきにん》があると思うぞ。いや、やっぱりぜったいだよ」

気がつくと、ランタンで光る涙があった。

「いうよ。だから、だからテントにさそったんだ……。だから……」

涙は言葉をつまらせる。

いいよ、もういいよ。そういおうか、一瞬まよった。

涙が線になってすべって、うつむきかげんのほおから落ちた。やっぱり聞くべきだろう。

きっと、それほどのことなのだ。

ぼくはまっすぐデキボーに向いた。

「ぼく、遼くんにあやまらなければならないんだ……。俊也にもだけど」

ぼくはだまって聞いていた。

もういちど涙が落ちた。そのあとを、腕でぬぐってつづけた。

「ぼくは逃げたんだ。……裏切《うらぎ》ったんだ」

ふりしぼるように、かすれた声だった。

「遼くんと俊也と、ふたりをおいて転校したんだ」

「…………」

「遼くんが心配だった。きっとぼくのぶんまでいじめられる……」

「だって、転勤だったからだろう」

「父さん、単身赴任ときめていた」

デキボーの目に涙はなかった。

かわりに、真剣《しんけん》な目が光っていた。

デキボーはつづけた。

――三、四年でまたもどるという予想だっ

た。それなら、ぼくと母さんは、さいたま市にいるほうがいい。みんなはじめから、自然なほどそう考えていた。

あのころイジメがきつくなっていて、ぼくは、便乗《びんじょう》して逃げることを考えた。

「提案《ていあん》します！　みんなで暮らそうよ。母さんだって、ほんとうはそうしたいんでしょう、って……。ぼくは心からうれしげに、そういったんだ」

ぼくだって、ちがう土地で暮らしてみるのもいい経験になると思うし……って。

計算してた。きっと賛成してもらえるって……。

春休みの、五日ぐらいまえだった。父さんは、びっくりして、でも、すっごくよろこんで、ぼくのウソにまで気がつかなかった。

公表すると、のこされた日に、イジメがきっとひどくなる、そう考えた。ぎりぎりまで待って、父さんたちに提案し、きまって、先生につたえた。

準備があるし……、そう母さんにいった。もう出てもしようがないよ、って。

最後の日だけ行って、あいさつだけですぐに帰った。そういうわけだった――。

「遼くんと目を合わせられなかった……」

ふるえるくちびるから、おもい声がこぼれ落ちた。

こんな告白《こくはく》を、いつかもう一度、だれかから聞くことがあるだろうか。

ぼくは考えまいとした。だけど、考えないなんてできないよ。後悔《こうかい》した。問いつめるんじゃなかった。デキボー、なんで正直に答えたんだ。聞いたからって、答えなければよかったじゃないか。答えるなら……、ウソをいってくれればよかったのに！

告白は、ナイフのように胸をつきさした。

ぼくはフライドチキンに手を出した。デキボーはプラスチックのフォークでサラダを食べた。フライドポテト、おにぎり、ウーロン茶……。

ふたりで、もくもくと食べつづけた。

ぼくも、きっとデキボーも、口いっぱいにほおばって、声を出せないように、と考えていたのだ。

復活《ふっかつ》、イヤラシ三人組

「遼くんにはいわないほうがいいよ」

朝、目覚めて、デキボーもおきているらしいことに気づいて、ぼくはいった。

「とにかく、仙台にいるあいだはいわないほうがいい。そう思う」

「でもぼくは、このあともひきょう者でいたくない。だからここにきて話したんだ」

背を向けたまま、口ごもるようにいう。

「遼くんは、そんなこと考えていないんだ。ぼくだってちっとも知らなかった」

「でも……遼くんが不登校になったのは、きっとぼくのせいだと思う」

「それはどうかなあ……。遼くんもつらい思いをしているらしいことは、ぼくも知っている。イジメがひどくなったのは、少しは、デキボーがいなくなったせいかもしれない。でも、その責任をとる必要はないと思うよ」

「…………」

「そんなとき、だれだって、自分をまもることで、せいいっぱいなんだ。それに、そのことで遼くんがうらんでいるとしたら、さそったときに、きっぱり、ことわったはずじゃないか」

「…………」

「これはデキボーのことだから、ほんとうは、ぼくがとやかくいうのはおかしいだろう。いまさら変だけど、それで気がすむんならいえばいい。でも、そんなこと考えもしないで、よろこんでやってくる遼くんに、よけいなキズをつけることもないと思う」

なんでぼくは、こんなことをいったんだろう。命令《めいれい》みたいな、反対するみたいな、勝手な意見を。これがぼくの、ほんとうの気持ちなんだろうか。それからぼくは、考えなおして、ゆっくりいった。

「わからない。ほんとうはわからない。いつかいうべきかもしれない。あやまるべきかもしれない。でも、いまは待ってほしい。わからないから……」

不安だった。またバラバラになりそうで。

むこう向きのデキボーの背中が、しゃくりあげるようにふるえていて、ぼくの腕につたわってくる。

目の奥に、きのうの涙がよみがえった。

テントの外は、霧雨《きりさめ》だった。音も立てず、ま上からま下に、ゆっくりしずむように降っていた。ふたりとも、雨具で帰りじたくにかかった。

ぬれたテントをたたむ、だれもがいやがるようなことを、デキボーは、自分から手伝ってくれた。いつものぼくよりていねいな仕事だった。

ふたりとも、霧雨のように無言だった。

灰色《はいいろ》にけむる道を、リードするようにまえを行く、デキボーの、意外に力強いペダリングに、まえと変わることのないデキボーを感じていた。


十一時過ぎに、遼くんが仙台駅に着いた。

列車内の電話で連絡してきた、時間の、車両の、停車位置の、ぼくはまえ、デキボーはうしろの、降車口《こうしゃぐち》あたりで待った。

ホームに入ってきたのは、二階だての電車で、ぼくは車内の上下をのぞき見たり、降車口を見たりで、いそがしかった。

ふとふり向くと、うしろの降車口のところで、遼くんとデキボーが抱《だ》きあって、おたがいの背中をたたき、ぐるぐるまわってはしゃいでいた。

ぼくもかけつけ、ふたりを、よこからまとめるように抱きついた。

その瞬間、「イヤラシ三人組」は復活した。

エスカレーター、改札《かいさつ》、階段《かいだん》、乗りかえ。もどかしい時間のあいだ中、話はつながりもなく、かといってとぎれることもなくつづいた。

帰り着くと、デキボーの部屋には、サンドイッチやのみものが用意してあった。ちょうど昼になっていた。三人だけで、好きなだけおしゃべりしなさい、という、デキボーのお母さんの心くばりだったと思う。

はじめにもりあがったのは、デキボーの学校の話だった。

クラスや生徒の数は、ぼくたちの学校とほとんどおなじようだった。

「ぼくといっしょのとき、おなじクラスにもうひとり、転校の子がいてさ、北海道《ほっかいどう》からの女子なんだけど、勉強がすごいんだ。ぼく、負けそうなんだけど、いや、負けてるなあ。ぼくは塾にかよって、やっとだから」

デキボーがその子のことを話す熱心さは、勉強だけで感心しているようではなかった。

「英樹くんの成績《せいせき》で、……塾にかよってるって、私立とかに行くつもりなの」

復活、イヤラシ三人組

遼くんが、いつものゆったり口調だが、しかし、興味ありげに聞いた。

「うん。たぶんその子も、おなじとこねらいかも。負けたらカッコわるいなあ」

遼くんの質問はそっちのけで、話は女子に直行する。

この一年を終えると、中学生になる。たしかに、六年生のはじめの日、先生がそんな話をしていた。が、そのとき以来、ぼくは思い出しもしなかった。

「ぼくも、私立にしようかと思っているんだけど……。このまま学校も休むだろうし、学区の中学校に入って、むかしとおなじ顔とまた会うのって、……なんかね」

遼くんがいった。

まずい話になった。デキボー、変なこといいだすんじゃないか。ぼくは不安になった。

「考えたら、遼くん、転校すればよかったかもね。ほら、イジメにあうと、学区をこえて転校できるじゃない」
ガ、ク、ゼ、ン！
心配したやさき、なんと、デキボーがそういったのだ。あの、大切な涙を見せたデキボーがだ。

「うん、ぼくも考えたんだよ。母さんにいわれたんだ。どうするって。父さんも、そうしてもいいんじゃないかって」

遼くんの反応は、とまどうこともなく、迷《まよ》いも見せず、おっとりとどまることもなく、はやかった。

「でも、もう六月になっていたし。それに、一週間もしたら、学校に出ようと思っていたんだもの。それが少しながびいて、勉強におくれないように、って塾に入ったら、純粋《じゅんすい》に勉強だけっていいなあ、って思った」

たしかに遼くんは、たまたまぼくたちと親しいけど、ほかの子とは、あまりつきあわないようなところがあった。

そんな性格が、「ホラー水族館」をつくりだすことになったのだろう。

ぼくは胸をなでおろした。変な口をはさまないでよかった。

ドンマイ、ドンマイ。そうだろう、デキボー。それにしても、あぶないことをいってくれたもんだ。

よどむこともなく答えた遼くんには、デキボーが心配したあのことは、まったくなかったはずだ、と確信《かくしん》できた。しかしこのときぼくのからだのどこかに、なにかが、ぼく自身気がつかないシコリのようななにかが、ひっそりしのびこんでいた。

そしてそのしこりは、ずうっと、ずうっとあとになって、ぼくのまえにあらわれる。

夜、食卓《しょくたく》にすばらしいごちそうがならんだ。テントのごちそうといい、デキボーのお母さんの料理は、ぼくの母さんのおにぎりをこえている。チョー三つ星レストランだよ、きっと。

「遼くんたちの歓迎会！」

遼くんファンのお母さんがそういった。

「俊也くんもたくさん食べてね」

そうつけくわえられた、ような気がした。

昼のぼくたちの話を知らないお母さんは、遼くんの不登校のことを持ちだした。たしかにお母さんにしてみれば、いちばんの心配ごとだろう。

でも、デキボーがいっしょにいじめられていた話を知らないお母さんに、遼くんは、また塾の話をして、

「きっといまの生活は、ぼくに向いているんだと思います。よけいな人づきあいもいらなくって、勉強だけしてればいい……」

と、安心させた。もういちどデキボーも、すくわれた思いをしただろう。

それにしても、遼くん、なかなかうまくかわすなあ……。

そのカンのよさ、対応のすばやさは、日ごろのおっとりくんとは思えない、意外なものだった。

「ところで俊也くん、ここまで走り通したとはすごいわね。しかも、夜はひとりでキャンプでしょう」

ここからぼくは、おしゃべりになった。

シューッ、シューッ。SLの気分で、大宮駅を出発したこと。疲れを少なく走るための、ペダリングテクニック。休むときのストレッチ。そしてリバーサイド・レストランとキャンプのいろいろ。

ときには立ちあがって、実演《じつえん》つきだ。

お寺で、ありがたいお水をいただいたことは、みんなが大笑いしてくれた。

ホームレスのおじさんと出会った話になった。

「七年目のプロだという、そのおじさんはね、自分の段ボールハウスと、新人ホームレスが乗ってきたママチャリとをとりかえて、それで、『奥の細道』とかいう本の通りの道をたどっているんだって。文庫本と、図書館で調べたとかいって、コースを書いてるらしいメモを持ってた」

「芭蕉の『奥の細道』のこと?」

「とかいってました。おばさん、知ってるんですか?」

と、とつぜん、

「つきひははくたいのかかくにして、ゆきかうとしもまたたびびとなり。ふねのうえにしょうがいをうかべ、うまのくちとらえておいをむかうるものは、ひびたびにしてたびをすみかとす……」

デキボーが、あのお経をいったのだ。

「はっ、はっ、はっはは……。俊也くん目を白黒させてるじゃない」

あのおじさんにも笑われたっけ。

「だって、あのおじさんとおなじことをいうんだもん。そのとき、ぼくお経かと思った」

デキボーのお母さんは、さいたまにいたころ、市の文化活動で俳句をやっていて、そこで大学の先生を招いて、『奥の細道』の勉強をしたという。たまたま仙台に住むことになって、その文章に出てくる、このあたりの、ゆかりの場所をたずねているのだという。

「いつもおともをさせられるんだ。松島《まつしま》はちかいから、すぐに行ったし、五月には平泉に行った。

『なつくさやつわものどもがゆめのあと』

戦《いくさ》にやぶれて、兵《つわもの》――義経《よしつね》や弁慶《べんけい》たちの死んだところだよ」

さすが「イエスお母さんマン」。でも、するする口に出せるところがさすがだよ。

「中学ぐらいにならうかもよ」

「そのおじさんはね、終点に、着いても着かなくてもいいし、途中で死んでもいいか、っていう気分で、気ままな旅をつづけているらしいけど、たどる以上、わかっているだけ正確に、っていってた」

ときには街角にすわりこんで、どこかでひろった古びたざるを、自分のまえにおいて、暗記しているところを、ぶつぶつ小さな声でいってると、きみみたいにお経とまちがえるのか、一日二千円ぐらいになる。どう見ても坊さんには見えないだろうに……。ありがたいことです。それで旅をつづけていくんだ。

そういっていた話もした。

「夢のためにはどんな手段でも、というわけね。でも、ロマンチックなホームレスさんね。

すてき、っていうより、うらやましいほど自由な心を持っているかただと思うわ」

「そのとき、いまの、つきひは……なんとやら、の意味を話してくれたんだけど、もうわすれちゃった。でも、たびにしてたびをすみかとす、というところが、少しわかるような、好きなような……」

「自転車で、キャンプ・ツーリングのときの気分なんでしょう」

いいだしかねているうちに、お母さんにいわれてしまった。

「ツーリングっていっても、ぼくはいままで、長くて四日ぐらいだったし、経験も少ないから……。だけど、父さんなんか、そんな気分のときもあるかもしれない」

旅をあじわうメイソウの道具としてワインをのむ……、あの言葉を思い出していた。

「俊也くん、偉大《いだい》なキャンピング・トラベラーのきみに、もうひとつ教えてあげる」

「えっ、キャンピング……、なんですか?」

「キャンプしながらの旅びと。いまおばさんがつくった言葉だけどね。カッコいいほうがいいじゃない。

で、教えてあげる。

『たびにやんでゆめはかれのをかけめぐる』

芭蕉はね、最後の旅で、というか、旅の途中で病《や》んで、死んだからそういうことになったんだけど、つまり、病気になって宿で寝ついてしまって、死ぬことがわかっていたのね。この句を詠《よ》んで、お弟子《でし》さんに書きとってもらったそうよ。死の床《とこ》でなお、旅を夢見た……」

「そうか。それでおじさんは、たとえ途中で死んでも、って……」

ぼく思わず声をあげた。

「そうね、きっと。芭蕉最後の、この句が頭にあったのでしょうね。ほんとうだとしたら、すてきなかくごね」

——旅そのものが自分を生かすすみかだ、ということかなあ……。

あのときの言葉と、草のようにやさしい目のおじさんの顔が、また浮《う》かんだ。

——わかるような気もします。

おじさんにそういったことが、いままたはずかしく思い出された。

歓迎会は、なんだかしんみりと終わった。

いちばん陽気なはずのぼくが、考えこんでしまったのだ。

ぼくはいつか、そんな気持ちになれるのだろうか。父さんも、そういうものを求《もと》めているのだろうか。……そんなことを。

「俊也くん、なんだかブルーになっているんじゃない」

デキボーのお母さんが笑っていった。

でも、けっきょくぼくたちだ。ふとんを用意してある部屋に入ると、あっさりわすれて、その夜、二時ごろまではしゃいでいた。

マンションだから、声はおしころしたが、そのぶん、三人のはしゃぎ気分は、炭酸飲《たんさんいん》料《りょう》をふったように発泡《はっぽう》した。


目覚めたのは、十時にちかかった。

もちろんお父さんは会社、お母さんは週四日のパートに出たあとだ。

用意してあった朝食をすませると、街に出た。

きのうのうちにぼくは見ていたが、遼くんのために、あのけやき並木に行った。けやきは、武蔵野《むさしの》の木でもあるから、埼玉ならめずらしくない。が、おどろくほど広くつくられた道路に、四列にもならぶけやき並木を、ゆっくり歩きながら見ると、正直負けた感じがした。

なにしろ空が見えない。並木が切れて、夏の日にあふれる交差点などから見ると、並木の下は、ふかい海の底をのぞくようだ。

一瞬、「ホラー水族館」を思い出したが、口には出さなかった。

「冬、ここに、いっぱいのイルミネーションがつくんだって。写真で見ただけだけど、光の杜、というより、海のようだった」

いまは、太陽の光も通さない並木の下にいて、そういわれても想像はできなかったけど、むちゅうで説明するデキボーの手まえ、遼くんとぼくは調子を合わせて、ウソっぽいほど感心してみせた。

特産品《とくさんひん》の店、それから城《しろ》あと、だれとかの銅像《どうぞう》……。

こんなのつまんない、とコースを変えた。そこからぼくたちは、もういちど発泡した。ながいながいアーケード街、デパート、ゲームコーナー、スーパーマーケット、食品売場の試食《ししょく》つぎつぎ、スポーツ用品、ファーストフード、CDと本、ファッション、用もないのにぼくたちは、いろんな店におしかけて、どこでもはしゃいで過ごした。

「イヤラシ三人組」は、仙台の街を、売場を、ホールを、エスカレーターを、テレビゲームのキャラクターのように、はずんでまわった。

夕方ちかく、さすがにはしゃぎつかれて帰り着くと、三人、ぼろっかすのぬいぐるみのようによこたわった。

とうとう三人は会ったんだ。

いま、三人がここにいるんだ。いちどは、こわれてしまったぼくたちだったのに。

ホラー水族館の遼くんと、胸つぶれる告白のデキボーと、はぐれてとりのこされたぼくとの、もうないかもしれない、このいっとき。

これが、ぼくの、三百五十キロのペダリングの結果だったのに、そのときのぼくの満足感は、なぜか、ぱんぱんにふくらんではいなかった。

きっと、はしゃぎすぎて、へとへとに疲れきったせいだろう、とぼんやり考えていた。

「ぼくも、自転車で帰りたい」

まん中にいた遼くんが、だしぬけにいった。

「えっ？」

ぼくはひじをついて上半身をおこし、とりとめもない視線《しせん》で、天井《てんじょう》をこえた、はるかな上を見ている遼くんを見た。

うわ言めいたひとり言だと、ぼくは思った。

「えーっ？」

デキボーは、組んだ手を頭の下にしいたまま、らしくない、間のびした声を出した。

「俊也くんさあ……、いっしょにつれてってよ」

やっぱり本気とは思えない、緊張感《きんちょうかん》のない声だったが、追いうちをかけてきた。

「本気なの、遼くん……。だいいち、自転車をどうするつもり？」

「ぼくのをつかいなよ」

と、デキボー。間のびした声のわりに、なんとかかんたんなケツダン！

とつぜん三百五十キロを走ろうなんて。

なにからなにを、どう説明したらいいのか。

もちろん体力。なれてもいないし、トレーニングもなしで四日間。いや、速度によっては五日間。せまいテント。食料はいいとしても……。

あれやこれやが、頭の中で、チェーンのはずれたペダルのように、ガチャガチャ、ひっかかりながらまわった。

「途中まででいいじゃない、一泊とか。テントに泊まってみたいんだよね、きっと」

デキボーは、あの夜を思い出している。

「それもあるけど、走ってみたいんだ。折り返し点のない道を」

「なんだい、それ」

「だってふつう、自転車で出かけると、目的地に着いて用をたして、家に帰るじゃない」

「でもなあ……、やっぱりむりむりだよなあ」

ぼくも、遼くんテンポで、ひとり言のようにつぶやいた。

遼くんと走る。遼くんとキャンプする。すばらしいと思う。そんな思いがわき出てきて、強く反対できない自分に気づいていた。

「そうね、むりだったら一泊でもいいよ」

「自転車は宅配便《たくはいびん》でおくりかえすといい」

「まあ、そういうことだろうけど……」

はっきりできないままの、ぼく。

やや速度をおそめに考えて、時速十五キロ以内におさえる。平均速度はママチャリよりおそいくらいだ。四十分走り、二十分休み。午前三回、午後四回。合計約六、七十キロと考えよう。

ぼくはのっそりとおきあがり、地図を取りだして、仙台からの距離を逆コースでたし算した。六十数キロ……。

「父さんの夜」だ！

そうなんだよ、道はそうたくさんあるわけじゃない。四号線沿いか、あの道か、えらべばやっぱりあそこだろう。雰囲気もよくて、遼くんにもよろこんでもらえる。

だが、あの朝快走した、十五キロのくだり坂を、こんどはのぼることになるのだ。つぎの朝、さらに、涙の峠までの数キロ。

遼くんの足でのぼり切れるだろうか。

「ドンマイ、ドンマイ。やってみようか」

結果、ぼくの言葉がこれだった。チェーンがはずれたままだったのだ。

つぎの日、遼くんはダウンしたところで電車に乗ればいいのだ。

明日は余裕を見て八時発。この距離なら、ふつう、もう少しゆっくりでもいいのだが。

さっそく準備にかかった。遼くんにもかるいものを運んでもらうために、デキボーの小さなザックもかりた。

夜、遼くんは電話をして、お母さんのゆるしを得た。

「よしなさいよ。あぶないし、だいいち遼くんのからだは、そんならんぼうなことには向かないわよ」

遼くんのサポーター、デキボーのお母さんのほうが心配している。それにしても、「ランボー」はひどいよ。

ぼくは、サンライズの、シートのうしろにそなえている工具を取りだし、遼くんのからだに合わせて、ハンドルと、シートの高さを、きっちり調節して、ブレーキと、タイヤの空気圧《くうきあつ》をチェックした。

「走りにくそうな気もするけど、へえー、これが理想的なの。うちの自転車とはずいぶんちがってて、なんだかこわいみたい」

遼くんは、しきりに感心していた。

遼くんの旅立ち

三人いっしょの二日間にわかれをつげる朝。

スタートのストレッチは、デキボーもやった。にわかづくりサイクリストの、遼くんのために、ぼくは念を入れた。

ヘルメット、グローブを、遼くんにわたした。ぼくはバッグの帽子を出した。グローブがわりは途中で、安い手袋をさがそう。

仙台の駅で、遼くんをむかえたときのように、三人、抱きあってわかれをおしみ、ぼくらはスタートした。

十メートルほどまえを、ぼくが行く。まず、ペースをおさえるのに苦労する。そして、そのペースで遼くんにむりがないかどうか、ときには止まって聞いてみる。

「平気、平気。もっとはやくってもいいよ」

遼くんは長い距離を想像できていない。疲れはたまるものだということを、まだ実感できない。

目のまえでとつぜん、信号が黄色に変わる。ひとりなら、ゆうゆうわたり切る場面も、急停止《ていし》することが多い。

おれがわたっても、あとをついてわたり切れるかどうかは、自分で判断《はんだん》しろ。父さんとはそういう約束になっている。止まるときは、ベルを打って合図すること。遼くんにそういってある。それでも気がるに先行しにくい。

そんなところに、思いがけない気苦労《きぐろう》もあった。

無事故《むじこ》……、いうまでもないが、つぎは、できるだけ、遼くんを疲れさせないことだ。四十分はみじかい。ファーストランはあっという間だった。

休みには、走るより気をつかう。汗、水、ストレッチ……。

マッサージこそしなかったが、口うるさいほどに、ぼくは遼くんの世話をやいた。

四十分を三度走って、少しはやかったが、リバーサイド・レストランをさがした。街道沿いは、川が大きかったから、見つけた支流《しりゅう》をさかのぼった。すこし距離はオーバーするが、楽しい思い出を持ち帰ってほしい。旅なれたサイクリストはそう考えた。

サヤサヤと音がやさしい、田んぼの中を流れる川だった。農道の青々とした草にすわった。むせるような、稲《いね》の香りにつつまれた。弁当はデキボーのお母さんの料理。チョー三つ星の味も、これが最後だ。

「魚が……」

遼くんが見つけた。ザコといわれる小魚たち。二十匹ほどの群れ、そのかたまりが三つぐらい。流れの中ほどを、サッカーの攻撃のようにのぼるもの。岸辺の草の根かたを、集団登校のようにすすむもの。とつぜん列を乱《みだ》して散ったりする。鬼《おに》ごっこだ。

「川の魚って、あんまり色がないんだよね」

そういう遼くんの、あの水族館を、ぼくはまた思い出した。

「でもね、いつも川辺で食べていて、魚を見ることが多いけど、目立たないあの色が、環《かん》境《きょう》に合うっていうか、自然にとけこんでいる感じで好きだなあ。ときどき、きらっきらっ、って腹を光らせてひるがえる。そんなときすごくかわいい」

「そうだね。こういう川に、珊《さん》瑚礁《ごしょう》にいるような、カラフルな魚がいたら変だよね」

遼くんも、自分のディスプレイを思い出しているのかもしれない。

午後も、四号線ではむりなく走れたが、三日前に、くだりで快走した、「父さんの夜」からの道を逆にたどることは、にわかサイクリストの遼くんには、やっぱりきびしかった。

十五キロほどの道だから、平坦な道なら、一時間で十分だが、だらだらつづくのぼりは、ぼくでさえつらい。

遼くんはすっかり無口になっている。ぼくも話しかけない。ただ、車の通りの少ないのをさいわい、ななめうしろにまわって、チェーンのきりかえをコーチしながら走った。

こきざみに休み、時間たっぷり休み、無口どうしで汗をふき、水をのみ、無口のままでスタートした。

いちどだけ、遼くんはなんにもいわずに、自転車をおりておした。ぼくもだまってつきあった。

「父さんの夜」にたどり着いて自転車をおりると、遼くんは、へなへな道にすわりこんだ。

それでも、このあいだぼくを苦しめた急坂よりは、楽だったのだろう。大の字にひっくりかえりはしなかった。

「汗だけは、すぐふいたほうがいい」

いつも通りタオルをほうった。

キャンプ用具を取りだし、準備と整理をするあいだ、遼くんを休ませた。ふきだす汗も落ちついたころ、ぼくたちはまた、ストレッチでからだをととのえた。ストレッチは、時間をおいて何度かするのが効果的だ。遼くんには、つらさが不満になったのだろう。ストレッチのあいだ中、まだ無口だった。なんだか遼くんに悪いことをしているようで、ぼくはさびしくさえなった。

食事のしたくまでの時間、涼しくなりかけた、山の、川辺の空気の中で、よこになっていた。

あのときとおなじ、いっときもやむことのない強い流れの音に、ぼくと遼くんはひたっていた。なにもいわない、身うごきもしない時間がつづいた。疲れ切った遼くんのからだは、それでも、水音に洗われてよみがえったのかもしれない。

遼くんにテントをたのんだときには、デキボーとおなじように、おおよろこびで組みたてた。もちろんまた、ぼくが手伝った。できあがって、このあいだの草の上にすえると、しっかりキャンプムードが出て、遼くんも、はしゃぐほどに、すっかり元気になった。

木々が黒い影に変わりはじめたころ、食事のしたくにかかった。

ひとり用のコッヘルで、ふたりぶんの食事を用意することは、手ぎわにけっこう頭をつかった。

しかし、それは予想できたことだったから、デキボーのお母さんから、紙の食器を何枚かもらっていて、それは、あとのかたづけもずいぶん楽にしてくれた。

ランタンを大きめの岩の上におき、暮《く》れかけた流れのそばの食事になった。

遼くんは中辛《ちゅうから》のビーフカレー。ひと口ごとに、ランタンを見つめている。デキボーとおなじで、だいぶ気に入っているようすだ。

「何度か食べたことのあるカレーだけど、こんなところで食べると、味がぜんぜんちがうね。あふれるような、酸素《さんそ》の味がきいてるんだね、きっと」

遼くんはそういって、おいしい、を連発《れんぱつ》した。たっぷりかいた、汗のせいもあったのだろう。

思わぬことになった遼くんとの食事は、ぼくにもとくべつの味がした。

すっかり暮れて、テントにうつって、開いて広げた寝袋にころがって、あごの上に寝かせるようによこにした、缶コーヒーをすすりながら、かわるがわる、ポテトチップスを円《えん》筒型《とうけい》のパッケージから、すくいとるようにして食べていた。

「俊也くん、ホームレスのおじさんに会った、っていってたじゃない。いまどこで寝てるのかなあ」

遼くんいまごろ、なにをいいだすんだろう、いったい。

「さあ。なにしろテントなんてないからね。公園のベンチとか、橋の下とか、神社のまわりの、ほら、むき出しの廊下のような……。ああいうひとたちは、そういうところをさがすのは名人だからね、きっと。自分でも、プロだっていってたし。でも、どうしたの、とつぜん」

「たびにしてたびをすみかとす……。俊也くん、なんだかわかるような気がするっていった。たしかに、俊也くんならそうだろう、って、ぼくもそう思う」

そのいいかたは、けっして、そう思っていないようだった。

「英樹くんのお母さんは、『うらやましいほどの心を持っているひとだと思う……』といった。ぼくもそのおじさんは、すばらしいと思う。でも……、その人は、夢とか、ロマンチックとか、そういう旅をしているんじゃないと思う。というより、ほんとうは、芭蕉さんの行ったところ、通った道をたずねたり、さがしたりしているんじゃないような気がする」

ぼくは、ふだんの、おっとり遼くんとしては考えられない、そのきめつけたいいかたにおどろいたが、もっとおどろいたのは、みんなで話し合っていたあのとき、遼くんは、ただだまって、聞いていただけだったのに……、ということだった。

興味がないのだと思っていた。

いまの言葉は、あのときのぼくたちの話を、しっかりと、聞いて記憶していることを意味している。なにもいわなかったその時間、遼くんは、みんなの話とは、合わせることのできないなにかを感じていたのだ。

ぼくには、あのときおじさんの手にあった、文庫本と小さなメモが、ちらちら見えたが、だっておじさんがそういってた、という気には、なぜだかなれなかった。

デキボーはまえから、むずかしいことをいって、ぼくをケムにまいたけど、またひとり強敵《きょうてき》があらわれたと思った。

「おじさんは空をとんでる」

とつぜんそういって遼くんは、紙ヒコーキでもつまむように、持っていたポテトチップスを、せまいテントの中で泳がせた。

「えっ？」

「自転車で、空をとんでいる」

なにかの映画のポスターにあった、そんな映像を思い出した。

「ンなわけないよね。でもね、おじさんの旅に感動してる。あのときみんな、自由とか、ロマンチックとか、そういってたけど、自由というより、なんていうか……、こえてるような気がする。みんなが考えていることを。わかんないけど……。

文庫本を持って、図書館で調べて、たしかに芭蕉さんとかの、研究の旅のような話だったけど、ぼくにはちがって感じられた。おじさんが歩いているのはべつの道なんだと思う。調べるんじゃなく、おなじ道をたどるんじゃなく……。芭蕉さんとちがう道なんだ、ほんとうは。つまりサ、それは、自分の道なんだ。自分がすみかにできる道なんだ。自分が、一生をかけて歩くことのできる道をさがしているんだと思う、きっと。……変かなあ」

ちょっと、おっとり顔を見せた遼くんだったが、よどみもなくつづけた。

「おじさんね、雨や風をふせげて、ちかくには仲間がいたりで安心としても、段ボールを

『すみか』として、毎日、その天井を見ておくるなら、『たびをすみか』にしてみようと考えた。そのはじめとして『奥の細道』をえらんだんだ。それが終わっても、おじさんは旅をつづけると思う。きっと、生涯！」

遼くんには見えなかっただろうけど、じつはぼくは、ただ、目を白黒させていた、のだと思う。あの、デキボーの家での夜のように。

きめつけてるよなあ。やっぱりぼくにはそんな気がする。いつもの「……」もまるでなく、こんなにきっぱりいいつづける、強い遼くんの発見に、ぼくはおどろいていた。でも、さっきから、何度目の発見だろう。何度目のびっくりだろう。

遼くんは話しつづけた。ぼくにはひと言もいわせないで。

「ぼく、自転車で走りたかったのは……、どこまでも、もっとどこまでも道を行くこと、夜、たどりついたところで眠ること、俊也くんがいつもやってることだろうけど、そのことはすごくうらやましいんだけど……。ぼくも走ってみることで、おじさんの気持ち、わかるわけじゃないとしても、せめて、想像できるんじゃないか、って思ったからなんだ。二日走るだけで、想像できると考えるのもあつかましいか……なあ。そう思った自分がはずかしい」

少しすくわれた気がした。

「ホラー水族館、……ぼくやめる」

遼くんはとつぜん、自分にもどったようにそういった。

「えっ？」

「イジイジだよね、……あんなの。イジイジ水族館」

「うん、……まあ」

あっとうされたままのぼくは、サンセイ！　っていう言葉が出ない。あのときだって、こんなのよしなよ、っていいたかった。ずっと考えていたことだったのに。

「イジメ、で、あっさり不登校、マウスをコソコソすべらせて、ホラーでイジイジ。……いまぼく、とってもいやな旅をしている」

とってもいやな旅？　わかんないけど、そうかもしれない。

「もっと大きな旅をしてみたいなあ。小六じゃむりかなあ、やっぱり」

「大きな旅って、北海道とか？」

つまらないことをいった、とまたあとで気づいた。

「月から見た地球の写真、ってあったよね」

ちょっとチンモクのあとで、遼くんがいった。

「うん、あったね。黒い空に浮いている、見なれない、青い月。テントの外に、あんなのがのぼっていたら……」

ようやくぼくの言葉がでた。

「おじさんいまどこで寝てるのかなあ」

「……？」

ウーン、またあ。

それにしても、ぼくの話でしか知らないホームレスのおじさんを、したうほどに考える遼くん。誇《ほこ》るべきか、うらやむべきか、ぼくの気持ちはランタンの光のようにゆれた。その灯を消して、ぼくたちは眠りについた。

かぎりない宇宙《うちゅう》か、眠りに落ちるテントの

中か、くべつできない闇のなかに、ぽっかり浮いて地球があった。

ゆらゆらと、青い輝きをはなっていた。

遼くんもきっと、おなじ光景を見ているのだろう。なぜかぼくはそう信じていた。

月から見た地球……。

だけど、遼くんの言葉は、ナゾのままのこった。


ぼくのほそ道――。遼くんはまだ眠っているらしい早朝、この言葉が、ぼくの口からもれて出た。七百キロになる、スタートから、さらに走り切るさいたま市までの、ぼくとサンライズ号の道。これが、旅の「すみか」ではなかったとしても、この距離と、ぼくの全身にきざまれたツーリングの記憶には、きっと自信を持っていいと思う。

再会する三人の、二日間のためのはるかな道のり、「ぼくのほそ道」。そう考えてから、この言葉をもういちどつぶやいてから、こっそりのみこんだ。

眠りはじめたゆうべ、遼くんは少しいびきをかいていたが、いまは、草がすれ合うようなかすかな寝息だけだ。ほかに、なんの音も聞こえてこない。

山霧の予感……。

この静けさは、あの朝とおなじだ。

外に出た。そこにはやっぱり、霧の群れがみちていて、周囲の林をうすくぼかして、山肌をはいのぼっているようだった。べつに、あの谷川の流れをさかのぼる一群があって、はやい流れにつきあげられるのか、スローモーションでおどっていた。

ぼくは、おどろかさないように、遼くんに声をかけた。かわいそうだと思ったけど、ぼくの好きなこのドラマは、やっぱり見てもらいたかった。

さすがに疲れていたようで、時間はかかったが、スニーカーをひきずって出てきた。目は半分開いていない。髪の毛は嵐《あらし》のあとだ。一方の手は首すじをかき、もう一方の手は、Tシャツの下から入って胸をかいている。

まゆをはじきあげるようにして、右の目が大きく開いた。左の目がそれをまねた。

霧の群れは、まちがいなく遼くんをも感動させてくれた。そのかっこう、その表情のまま、ぼうぜんと立ちつくしているようすで、それがわかった。

霧が、日の光に変わって食事。テントのしまつ。いつものように、朝のイベントをかたづけて、入念なストレッチ。

それから、きょうのいつ、どこになるのか、わかれのときをめざして出発した。

涙の峠をこえた。そっと見た、つる草の斜面に、おしたおした自転車のあとが、まだのこっていた。

あの日、サンライズをおしてのぼった急坂は、くだりのブレーキングに気をつかった。

ぼくは遼くんのすぐまえを、じゃまをするように、スピードをころしながらリードした。

午前中、また三度走って、水辺で、いつもながらの弁当を食べた。

ずいぶんなれてきた遼くんと、午後を、さらに五十キロほど走って、宅配便の営業所《えいぎょうしょ》を見つけて、デキボーの自転車をおくりかえした。

けっきょく遼くんは、今日のほとんど一日、ぼくがおどろくほどのネバリを見せて、五時ちかくまでがんばった。思っていたより距離ものばした。

駅のホームで遼くんを見おくった。少し行って、新幹線《しんかんせん》に乗りかえるだろう。

電車が見えなくなるまで待って、階段をかけあがり、改札を通りぬけて、駅前の広場にもどった。広場の、街の案内板《あんないばん》のまえに、サンライズ号はとりのこされたように待っていた。

ぽつんと、ひとり。

ぼくはさびしげな、サンライズ号に乗った。

またがると、自転車はひとりでに、広場のゆるやかにくだる傾斜《けいしゃ》を動きだした。帰り道を知っている愛馬のようだった。

幹線道の車のうずに、巻きこまれるように入って、ようやくペダルに力をこめた。

十キロ、二十キロ……、どれほど走っただろう。

ダッダッダッダッダッダッ！　とつぜん爆発音《ばくはつおん》がぼくを追いこした。ぼくはガードレールにとびのいた。空気をゆるがすその音に、まるでなにかが、ハンドルバーをかすめたような恐怖を感じた。

ものすごい音のオートバイ。おそいかかるその音に、らんぼうな！　ぶつかっちゃうじゃないか、って思った。

一台だけではない。つぎからつぎにぼくを追いぬく爆発音の群れ。

ハーレーっていうやつ、アメリカ製《せい》のでっかいバイクだ。父さんとのツーリングのときも、何度か見かけたことがある。あれに乗るひとたちは、群れて、みんな似たような服装で、カッコつけてる。

ハンドルすれすれ、と感じたのは、ぼくの思いちがいのようだった。追いこすハーレーは、みんな、車線の中ほどを走っていく。

ぼくはきっと、追いこしざまの、音の大きさにおどろいただけなのだ。

それから、ここまで走るあいだ、音の記憶がなかったことに気がついた。いつもなら、ちかづく車の音に神経《しんけい》をつかう。大型車、と聞き分けると、道はばやこみぐあいにもよるが、たとえふりむかないまでも、ぴったり左による。

ハーレーたちは行った。あのときの遠い雷のように。

ほかに、車がいなかったんだっけ。音がなかったなんて。

そんなことはない。追いこす車、向こう車線の行きちがう車、つぎからつぎと過ぎるじゃないか。

ぼくは考えごとをしていたのだろうか。

思い出せない。

いや、考えていたんだ、なにかをきっと——。それからようやく思い出した。

「月から見た地球の写真、ってあったよね」

遼くんの言葉と、闇に浮いた地球だ。

それにもうひとつ、あの朝、ぼくの腕につたわってきた、デキボーの背中のふるえだ。

あのとき、デキボーは向こうを向いていたのに、なぜだか、その顔までが見えていたじ

ゃないか。

くりかえしくりかえし、なんでそんな、さびしいことばかり思い出していたのだろう。

そうだ、それから、それからもうひとつ。

さっきの自転車だ。駅前の、とりのこされたようにぽつんと待っていた、ぼくのサンライズ号——。

とりのこされたのは、ぼくだったんじゃないか!

はっきりそれに気がついた。

音のない道に迷いこんだ、ぼくだったのだ。

エンジン音、排気《はいき》音、すれちがう車の反響。

幹線道らしい音がもどったとき、ペダリングの感じがもどったようだった。ぼくはそれさえなくしていたのだ!

それからひどい疲れに気がついた。上体もふれている。橋が見えた。川があるんだ。わたってぼくは自転車を止めた。

時計を見た。遼くんとわかれて、二時間ちかくたっている。きまりの休憩もとらず、走りつづけていたんだ。

それに、道の向こうにつづいている、山陰のせいかと思っていたが、日も暮れかけていたのだ。

時間がない。石と草で、平地の少ないその川に、ぼくは泊まる決心をした。

水も、あまりきれいじゃなさそうで、気が向かない川だった。

テントを張れる平地をさがして、川沿いの道をすすみながら、食料を買っていなかったことに気がついた。

買わなきゃ……、とっさに考えたが、目のとどくところには、いまぼくがきた、ヘッドライトが行きかう街道しかなくて、まばらな家のあかりが、距離さえわからない、かすかな遠くに散らばっていて、スーパーもコンビニも、どのあたりにあるのか想像もつかない、ブラックホールのようなところだった。

あきらめたくなかった。だって、父さんと走って、そんなことをしたことはなかった。

非常用の食料に手をつけるなんて。

それはしっかりとっておいて、父さんに見せなければならない。

ほらね、ちゃんとのこってるよ、って。

だけどいまは、スーパーがありそうな町をさがして、地図を見る気になれなかった。ここでテントを張るだけが、ぼくにのこされた、きょうの力だった。


朝、からだがくずれているのかと思った。むしょうに疲れていた。おなかもすいている。不規則《ふきそく》な走りと、非常食のせいだ。おきられないし、眠れない。光はまだはやい時間だったのに。

ぐずぐずとぼくはくずれていた。もうダメだ、発たなくっちゃ、と思いきれるまで。

ずいぶん走って、コンビを見つけ、おにぎりとウーロン茶で、朝食をとった。

店を出て、コンビニのまえに尻をついてすませた。川をさがすなんて、思いもつかなかった。

店に出入りする人が、じろじろぼくを見ているようだった。なにも考えずに、すわりこみ、食べはじめたのだったが、しだいにその目が気になりはじめていた。

バショウのおじさんを思い出した。

「ぼく、やっぱりプロになれないかも……」

昼、こんどはたしかに、リバーサイド・レストランを見つけた。すわった岸の下に、水音があった。でも、やさしいのかもしれないその音は、なんだかいまのぼくの疲れた呼吸のようで、いまにもとぎれてしまいそうだった。

食事のあと、そのまま草によこになり、顔にタオルをかぶせて光をさえぎり、ウトウト考えていた。

そういえば、休憩時間はまるで不規則になり、汗もふかず、道ばたの縁石《えんせき》にすわったていどで、ストレッチもごまかしていた。

また見えている。ぽつんとひとりのサンライズ……。

ぼくは、首を持ちあげ頭をふった。タオルがおちた。仙台での三人を思い出そうとしたのだ。

アーケード、デパート、エスカレーター……、走りまわった場所は、なんとか出てきたが、遼くんとデキボーはついに見えなかった。ジグソーパズルからパラパラ、パラパラ、ぬけ落ちたふたりのピース。

それから、遼くんが乗った電車が逃げるように消えるのを、草によこたわる、頭のどこかでもういちど見送って、のっそりおきて、ぼくは走りだした。

サンライズひとり。

ぼくと、ひとり。

さびしさはしつこくつきまとって、しだいに苦しみに変わった。

こんなことははじめてだった。自転車で走っていて、さびしいなんて。苦しいなんて……。ツーリングはいつだって、ペダルをまわしてるあいだ、カッコつけて、わくわくして、帰りつくまでが楽しかったんだ。

それからも、休憩のペースは行きあたりばったり。汗のおぼえもない。ストレッチもわすれてしまって、リバーサイド・レストランなんて、もう一つ星でもなかったと思う。

そうしてぼくは、とうとう、父さんとのルールをやぶってしまった。

ファミレスに入ったのだ！　夜の食事に。

もう、川なんてどうでもよかった。しかもこんどは、通りかかったスーパーで、ちゃんと食料を買いこんでいたというのに。

にぎわっている店内には、ボックス、っていうの？　ひとつのしきりにひと組みの客。

家族づれが多かった。

花もようが、縞《しま》になっている壁《かべ》。その壁の、花の形の照明器具《しょうめいきぐ》。キラキラ、照明を反射《はんしゃ》する鏡《かがみ》。茶色の、石をしいたようなピカピカの床、明るい色のユニホームの、ウエイトレスのお姉《ねえ》さんたち。

父さんがきらう、舞台装置だ。

夏だというのに、寒いほどの店内。その中で、BGMや、皿やスプーンのふれ合う音に、こもって、意味も聞き分けられないひと声に、だけど、ぼくはなつかしささえ感じて、案内された席《せき》に着いた。

音のない道を走ったように、味を感じることもなく、カレーライスを食べながら、ぼくはこっそり、まわりをのぞき見た。知らず知らず、デキボーや遼くん、そんな顔をした子をさがしていたのだ。

べつに注文したジュースがとどいた。ヨーグルト味の白いジュースだ。のもうとして、グラスを持ちあげたとき、赤い点の写りこみに気づいた。はなれた壁のライトだった。

それは遼くんをつれ去った、電車のテールランプを思い出させた。

遼くんが行ってしまうのだ！

赤い点は、ウイルスのように数をふやし、ぼくの中で広がった。ぼくに入りこんで、長いこと眠っていたあのシコリをゆりおこして、いっしょにぼくの中で広がった。

「ぼくも、私立にしようかと思っているんだけど……」

へぇ、そうなのか。

あのとき、そうとしか考えなかったぼく。

あのとき、そうとしか考えられなかった、チョー・ドンカンなぼく。

遼くんまでいなくなってしまうことの意味に、ようやく気がついたぼくは、ファミレスのテーブルで、しばらくじっと、グラスを見つめていた。

冷えたグラスについたしずくは、ときおり

ツイーッ、とすべって落ちる。そのたびにライトも流れて落ちる。そしてまた、おなじところに、おなじように、にじんでともった。

それは、峠の涙に似ていた。


――とうとうぼくは、ふたりをさがしだした。

遼くんとデキボーに会えたんだ。ふたりはなんだか、すごくはしゃいでいる。あたりはくるくる、めまぐるしくかわって、どこかわからない。

デパート、エスカレーター、ゲームコーナー、CDショップ……。そんなような、そうじゃないような、割れた鏡に映っているようで、わからない。

ふたりはそこを、走りまわって、のぼっておりている。からだをおどらせて、笑いこけている。

高い天井、つりさがるシャンデリヤ、輝く石の太い柱、照明いっぱいのショーケース。目をくらます光のうず……。

夢にはときどき、バリヤーをめぐらせたものがある。ぼくもふたりに入ろうと追う。ふたりはたしかにそれに気づいているのに、ぼくに顔も見せず、ぼくをかわして逃げて、光にとけて遠ざかる。

ぼくはあえいでいた。両手と両足が、ふたりを追って泳いでいた。おどっていた。だが、ちっともすすまない。追いつけない。

ぼくは、あらんかぎりの声で叫んでいた。それなのに、音のない夢だった。

そして朝、テントの外は、音のない雨だった。

大宮駅着、スタートから十日目。午後おそかったと思う。たしかに大宮駅に到着したが、トリップメーターの合計走行距離をよみとることをわすれていた。

遼くんとわかれたあの駅から、地図には、「休」も「昼食」も「泊」も、丸でかこんで書きこむはずの記入がなかった。

顔の見えないデキボーと遼くんを追いかけた夢を見た、あの最後の夜、とうとうテントを張ったところが、思い出せなかった。

ぼくの旅は、終わった。

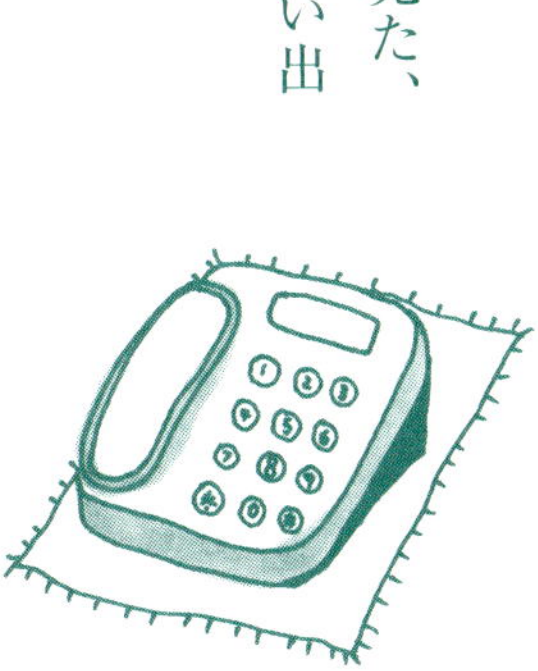

二学期がはじまった日、学校から帰ると、始業式の日の、わずかな道具を玄関《げんかん》さきにほ

うりだし、ぼくはデキボーに電話をかけた。

留守電のテープがまわった。テープのメッセージを聞きながら、ぼくはあせった。かけなおそうか。でも、はやく知らせたい。で？　なんていいのこそうか。あせりながらイライラ待って、何度か切ろうとも思ったが、プーという受信の合図が聞こえたとき、ぼくは思わず叫んでしまった。

「遼くんが学校に出てきたんだよ！　ほんとうだよ、信じられないだろう。ほんとうに出てきたんだよ。今朝、教室に入ったら、いつもあいていた席に遼くんがいたんだ！

……デキボー聞いてくれよ、ほんとうなんだ。遼くん、転校生のような顔して、すわっていたよ！」

著者プロフィール

音場　いくを（おとば　いくを）

1939年、岩手県盛岡市生まれ。
多摩美術大学卒業。
広告代理店など数社で広告企画制作に従事。
のちフリーランサーとして同業務に従事。
現在は上記廃業してパートタイマー。
あわせて児童書執筆。
埼玉県川越市在住。

少年ツーリングノベル　**ぼくのほそ道**

2004年6月15日　初版第1刷発行

著　者　音場 いくを
発行者　瓜谷 綱延
発行所　株式会社文芸社
〒160-0022　東京都新宿区新宿1－10－1
電話　03-5369-3060（編集）
03-5369-2299（販売）

印刷所　株式会社フクイン

ISBN4-8355-7588-1 C8093